Ulla Meinecke
UNGERECHT WIE DIE LIEBE

ULLA MEINECKE UNGERECHT WIE DIE LIEBE

ERZÄHLUNGEN

ULLA MEINECKE

ist seit über 30 Jahren eine feste Größe in der deutschen Kulturlandschaft. Sie selbst bezeichnet sich als »Hardcore-Romantikerin«. »Ungerecht wie die Liebe« ist ihr drittes Buch, das erste mit Kurzgeschichten.

© 2010 Edel Germany GmbH, Hamburg | www.edel.de
1. Auflage 2010

Projektkoordination: Dr. Marten Brandt
Umschlagabbildung: Daniel Biskup
Umschlaggestaltung: Groothuis, Lohfert, Consorten | www.glcons.de, Hamburg
Satz und Herstellung: Groothuis, Lohfert, Consorten | www.glcons.de, Hamburg
Druck und Bindung: optimal media production GmbH, Röbel

Printed in Germany
ISBN 978-3-941378-66-7

MAUSOLFF UND DIE ANDEREN

18.45 Uhr

Thomas war erfolgreich, aber müde. Eine Art von Müdigkeit, der mit einer Nacht guten Schlafes nicht beizukommen ist. Der Alleenring war bereits in Sichtweite, aber es ging so gut wie gar nicht mehr vorwärts. »Wer in Frankfurt Auto fährt, hat doch 'ne Panne«, hatte Thorben, einer seiner Steuerfachgehilfen, am Morgen gesagt, nachdem er sein neues Rennrad ins Archiv getragen hatte. Natürlich nicht zu ihm. So was sagt man nicht zu seinem Chef. Die Tür zu Thomas' Büro hatte offen gestanden, und er hatte Thorben um die Ecke tänzeln sehen. Energetisch wie einen Boxer auf dem Weg zum Ring. Dieser Vollidiot. Wer, um Himmels Willen, nennt sein Kind Thorben? Klingt nach nordischer Notlösung.

Thomas schloss die Augen. Irgendwer würde schon hupen, falls es weiterging. Heute war er eindeutig ein Kandidat für die Couch. Er tastete nach dem Privathandy in der Konsole. Hupen, Augen auf. Nelly anrufen. Sie war zu Hause und freute sich. Sehr gut. Er rief Corinna vom anderen Telefon aus an, um ihr zu sagen, dass es spät werde, sehr spät. Schwieriger Mandant, schwierige Steuerprüfung. Sie klang genervt. »Ist eben so, Corry, tut mir leid, sag den Kindern gute Nacht von mir.« Er atmete durch und straffte sich. Jetzt nur noch die kleine Strecke bis nach Ginheim, der Heimweg in der Nacht hinauf in den Taunus würde wunderbar zu fahren sein. Er liebte den Wagen, den er als Einziger fuhr.

Nelly war die erste Geliebte in seiner zweikindrigen Ehe. Davor hatte es den einen oder anderen One-Night-Stand gegeben, nichts von Bedeutung. Er war seit zwölf Jahren verheiratet und wollte es auch bleiben. Er liebte die Kinder, und Corry war eine wunderbare Mutter. Ob er sie noch liebte, fragte er sich nie. Sie war seine Frau, und das fühlte sich richtig an. Ein Mann braucht ein sicheres Hinterland, fand er. Mit Kindern, Haus und Garten und einer guten Frau, die das alles am Laufen hält. Er war zufrieden.

Was er an Nelly, neben dem Sex, der natürlich deutlich aufregender und versauter war als der eheliche, besonders mochte, war ihre Unkompliziertheit. Sie führte eines der Reisebüros ihres Bruders, und als Geschäftsfrau lebte sie deutlich ambulanter als Corinna. Sie hatte einen blitzschnellen Blick für Prioritäten. Hunger? Essen. Und zwar sofort. Auch mal eine Tiefkühlpizza, wenn's sein musste, oder irgendwas mit Ente vom Chinesen.

Corinna lud seit geraumer Zeit gruselige Rezepte von jungen Trendköchen aus dem Internet herunter. Lammhaxe mit Pflaumenmus! Irgendwas im Salzmantel, der mit dem

Hammer geöffnet werden musste! Es schmeckte bestenfalls abenteuerlich, und Thomas argwöhnte inzwischen, dass diese Jungs sich vor ihren Sendungen totlachten beim Erfinden schräger Rezepte, die außer auf dem Bildschirm nirgends funktionierten. Corinna, sie hatte früher, ohne TV-Köche, anständig gekocht, verteidigte die Horrormenüs mit dem Hinweis auf den Riesenerfolg der Jungs und ihre gigantischen Kochbuchumsätze. Sie habe wahrscheinlich unkorrekt nachgekocht, sagte sie, und stürzte sich auf den nächsten downgeloadeten Klops, um die Sache voranzutreiben. Diese Popköche fuhren wahrscheinlich auch alle Rennrad wie Thorben, dieser lifestylige Looser.

Ähnlich umständlich, fand Thomas, gestaltete Corinna auch das eheliche Sexualleben. Wenn er den Geruch von Duftkerzen aus dem Badezimmer witterte und des eingelassenen Ölbades ansichtig wurde, wusste er, was die Uhr geschlagen hat. Ein paar Mal hatte er sich auf die ellenlange Zeremonie eingelassen und die Sache mit Anstand durchgezogen, aber großen Spaß hatte ihm das nicht gemacht. Es war ihm unbegreiflich, was dieser weiblichen Inszenierung von Ölbad und Candlelight (mit oder ohne Dinner) zu Grunde lag. Und wenn dann Partner- oder gar Fußmassage zur Erwähnung kam, verging ihm die Lust endgültig. Für so was gab's schließlich Fachleute, und er arbeitete im Büro schon genug. Außerdem hasste er es, sich an die Füße fassen zu lassen.

Er ahnte, dass es sich um eine ihm fremde Art von Liebesbezeugungen handeln könnte, aber diese Riten, begleitet von Corinnas Äußerungen darüber, dass das eheliche Körperleben gepflegt und kultiviert sein wolle, machten ihn zappelig und nervös. Er mochte Sex, so wie er mit Nelly möglich war.

Unkultiviert. Schnell, scharf und süß, mit einem Dreh ins Abgründige. Und Nelly verstand, dass das Schiff, von hoher See kommend, zuerst den Hafen brauchte. Die Couch. Sein Dock, wo er eine Weile herumhängen und abspannen konnte. Dösen und ausruhen. Bis die Maschine von selbst wieder ansprang.

20.55 Uhr

Nelly stand eine Weile unschlüssig in ihrem Wohnzimmer und schaute auf ihren schnarchenden Liebhaber herunter, der wie eine gestrandete Robbe auf der Couch hing, die er nach seinem Eintreffen bei ihr angesteuert hatte. Schließlich trat sie hinaus auf die Dachterrasse und sah der Julisonne dabei zu, wie sie hinter die mächtige Frankfurter Skyline sank, um von dort aus ein rauschhaft schönes Farbspektakel in den Himmel zu malen: brennendes Orange, glühendes Rot, schmale, tieflila Streifen im Westen und darüber das endlose, sich vertiefende Glasblau. Heute ging die Sonne mit allen Schikanen unter.

Als die Terrasse im grauen Schatten lag, griff Nelly zum Telefon und kündigte ihr Erscheinen bei der Einladung an, die sie zwei Stunden zuvor abgesagt hatte. Sie ging anschließend ins Schlafzimmer, kleidete sich um und holte leise Thomas' Schlüsselbund aus der Innentasche seiner Jacke. Sie löste zwei Schlüssel aus dem Bund, legte ihn zurück und ging in die Küche, wo sie die Schlüssel in ihre Handtasche gleiten ließ. Vor dem Spiegel im Flur fuhr sie sich ein paar Mal mit der Bürste durchs Haar und blieb einen Moment lang stehen. Dann nickte sie ihrem Spiegelbild zu, öffnete leise die Wohnungstür und zog sie ebenso leise hinter sich zu. Das, dachte sie, das war jetzt endgültig genug.

20:50 Uhr

Sag den Kindern gute Nacht von mir! Der hatte vielleicht Nerven. Corinna ging in die Küche. Was war es, was sie jetzt brauchte? Noch einen Kaffee, einen Tee, irgendetwas zu essen? Sie holte eine Schachtel Zigaretten aus dem Schrank, zündete sich eine an und ging auf die Terrasse. Dass sie seit einiger Zeit wieder rauchte, war ihm natürlich auch nicht aufgefallen. Der Mann lief eindeutig auf Autopilot. Die Kinder hatten beim Frühstück auf ihre Anweisung hin erzählt, dass sie für drei Tage bei Freunden bleiben würden und ihren Vater gefragt, ob das in Ordnung sei. Er hatte »Ja, klar« gemurmelt, den Kaffee ausgetrunken und das Haus verlassen. Dass das Einholen der väterlichen Erlaubnis eine Farce war, war auch den Kindern klar, aber sie hielt es für ihre mütterliche Pflicht, ihnen gegenüber zumindest den Anschein zu wahren, dass ihr Vater sie irgendwie miterzog. Sie war sich sicher, dass Thomas nicht einen Freund, eine Freundin der Kinder genauer beschreiben konnte, geschweige denn, einen ihrer Namen kannte. Was die Kinder und deren Umgang betraf, verließ er sich völlig auf seine umsichtige Ehefrau. Wie umsichtig Corinna wirklich war, ahnte er nicht.

Nachdem sie sich letzten Dezember durch die Weihnachtsfeiertage gequält hatte, in denen ihr der Gegensatz zwischen der äußeren Pracht und Schönheit des höchsten Familienfestes und der inneren Verslumung ihres Ehelebens unerträglich deutlich geworden war, hatte sie am Silvesternachmittag Krankheit vorgetäuscht und Mann und Kinder alleine zur Silvesterparty einer befreundeten Familie gehen lassen. Die Gewissheit, um Mitternacht mit einem Champagnerglas in der Hand neben Thomas zu stehen und von ihm routiniert in ein weiteres trostloses Ehejahr hineingeküsst zu werden, hatte sie mit einem Grauen erfüllt, das ihr neu war. Die Vorstellung, komplett aus der Rolle zu fallen und um Punkt zwölf im Garten der Freunde vor versammelter Mannschaft einem Schreikrampf zu erliegen, war zwar nicht ohne Charme, aber sie wollte sich nicht zu viel zumuten.

Und so feierte sie in dieser klaren, kalten Nacht zum ersten Mal seit Jahrzehnten wieder ihr eigenes Silvester. Sie nahm sich Zeit, überlegte genau, was sie essen und trinken wollte, und genoss es, unaufgedonnert und entspannt das Haus und die Nacht für sich zu haben.

Kurz vor zwölf öffnete sie die Terrassentür, atmete die Kälte und Feierlichkeit der Nacht ein und war aufgeregt und höchst gespannt darauf, welche Entschlüsse der Anbruch des neuen Jahres in ihr aufsteigen lassen würde. Als die letzten Sekunden des Jahres verrannen, die Glocken und das Feuerwerk einsetzten und das neue Jahr da war, hob sie das Gesicht zum Himmel und sagte: »Das wird mein Jahr. Ganz meins!« Die Tränen kamen und gingen leicht und angenehm. Sie atmete tief und frei und ging nach einer halben Stunde zurück ins Haus, um sich im großen Spiegel anzusehen, dass sie tatsächlich strahlte.

Zwei Tage später hatte sie ihrer besten Freundin Claudia erzählt, sie hege seit Längerem den Verdacht, dass Thomas eine Freundin habe und dass sie nun entschlossen sei, sich mit allen Tatsachen zu konfrontieren. Claudia bot Hilfe bei den Ermittlungen an und folgte Thomas an Abenden, an denen er schwierige Mandanten vorschützte, einige Male zu Nellys Wohnung. Zweimal sah sie ihn mit Nelly zusammen am späten Abend das Haus verlassen und beobachtete, wie er seine

Geliebte vor einer angesagten Lounge absetzte, wo sie sich offenbar Freunden anschloss, nicht, ohne sie mit ausgiebigen Küssen zu verabschieden. Das Besichtigen beweiskräftiger Handyfotos lehnte Corinna aus Selbstschutzgründen ab. Der Fall war klar.

Corinnas Gefühle waren es nicht. Sie erlebte in den folgenden Wochen und Monaten einen Ansturm von Empfindungen und Zuständen, die sie derart beutelten, dass sie Mühe hatte, den Kindern, den täglichen Pflichten und Abläufen gerecht zu werden. Traurigkeit, Panik, das Gefühl tiefer Demütigung wechselten sich ab oder stürzten gleichzeitig auf sie ein, und hinter allem wurde das Donnern einer ungeheuren Welle von Wut immer lauter.

Die Leere verschwand aus ihrem Leben, das seltsam wattige Grundgefühl von Unwirklichkeit, an das sich Corinna seit Jahren gewöhnt hatte, hörte auf. Sie stand fest in ihrem Leben, in glasklarer Gegenwärtigkeit. Wenn sie sich erschöpft hinlegte, um am Tag eine halbe Stunde auszuruhen, wenn sie laut und heftig redete oder schrie, sobald sie alleine im Haus war, um sich klarer zu werden über ihre Lage und ihr Leben – die Gegenwärtigkeit blieb.

Sie kämpfte sich durch den Sturm und stellte sich mutig die wichtigsten Fragen.

Nach einigen Monaten lagen die Antworten vor ihr. Nein, es würde nicht helfen, Thomas zu konfrontieren, um die Ehe zu retten. Auch nicht um der Kinder Willen, mit denen sie übrigens in den letzten Monaten mehr gelacht hatte als je zuvor. Die Kinder waren begeistert von der neuen Lockerheit und den unaufwändigen Mahlzeiten ihrer Mutter. Es kam vor, dass die früher allwissende Mama auf Fragen der Kinder mit Schulterzucken und einem fröhlichen »Ich habe keine Ahnung« antwortete.

Nein, es würde auch nicht helfen, wenn Thomas anböte, das außereheliche Verhältnis zu beenden, denn innerehelich fehlte es Corinna an Lust und letztendlich auch an Liebe für einen wirklichen Neuanfang, wie sie verblüfft feststellte. Die Liebe zu ihrem Mann hatte irgendwann während des gemeinsamen Weges die innere Kraft verloren und war ausgehöhlt. Corinna hörte auf, »wir« zu denken und zu fühlen.

21.18 Uhr

Jetzt saß sie rauchend auf der Terrasse, sah in den großen, dunklen Garten und genoss die weiche Luft des Juliabends. Die Kinder waren gut untergebracht, die anbrechende Nacht war jung und Corinna hatte große Lust, die Einladung des charmanten Reisebürobesitzers anzunehmen. Sie waren einander zwei Tage zuvor in der Markthalle am italienischen Stand begegnet. Die Verkäuferin schnitt gerade Rosmarinschinken für sie, als er neben ihr auftauchte und sie anstrahlte. »Genau den brauche ich auch, wir haben offenbar den gleichen guten Geschmack!« Sie plauderten, er flirtete, sie flirtete zurück, sie schlenderten zum Kaffeestand und setzten sich mit Cappuccinos in den Schatten. Dann lud er sie ein. »Ich mache ein kleines Essen für Freunde übermorgen. Kein Anlass, einfach nur so. Wir wären zu fünft, ich würde mich wahnsinnig freuen, wenn Sie kämen. Ich gebe Ihnen meine Karte. Bitte überlegen Sie es sich.« Corinna hatte gesehen, dass er ihren Ehering bemerkt hatte, er trug keinen. Sie lachte ihn an: »Das werde ich, Dankeschön.« »Versprochen?« »Versprochen!«, hatte sie geantwortet, und zum Abschied hatten sie einander die Hand gegeben. Aufregend und wunderbar hatte sich das angefühlt.

Sie ging ins Haus und rief ihn an. Er freute sich und lachte. »Das ist ja toll, bringen sie Hunger und ihr Lächeln mit.« Als sie aufgelegt hatte, blieb sie ruhig stehen und spürte, dass es so weit war. Der Moment war gekommen. Sie holte Papier, Stift und ein großes Glas Wasser und setzte sich an den Esstisch, um ein paar Zeilen zu schreiben. Sie trank das Wasser, legte das Blatt in die Mitte des Tisches und beschwerte es mit einer grünen Kerze. Dann packte sie eine große Handtasche, schloss Fenster und Terrassentür, löschte das Licht und verließ das Haus.

23.15 Uhr
Thomas schreckte hoch. Es war heiß und dunkel, er war völlig verschwitzt. Wieso war die Dachterrassentür zu? Wo war Nelly? Er rappelte sich hoch, stolperte über den Couchtisch und verfing sich mit dem linken Fuß in seinem Jackett, das am Boden lag. »Nelly, wo bist du denn?« Er machte Licht, ging ins Schlafzimmer, schaute in Küche und Bad und ging zurück zur Couch. Das war doch absurd. Sie hatte ihn schlafend zurückgelassen und war ausgegangen. Kein Zettel, nichts. Er raste zur Wohnungstür und riss sie auf – wenigstens war er nicht eingeschlossen.

Was für eine blöde Situation! Er wurde sauer. Die hatte ja wohl nicht alle Tassen im Schrank. Wie spät war es überhaupt. Nach elf. Höchste Zeit, nach Hause zu fahren. Eigentlich geschähe es Nelly Recht, wenn er die Tür nur ins Schloss zöge, eine Einladung für jeden Einbrecher. Doch er wollte nicht kleinlich sein und griff nach Jackett und Schlüsselbund. Es dauerte eine volle Minute, bis Thomas begriff, dass sie die Schlüssel an sich genommen hatte und er zum letzten Mal in dieser Wohnung stand. Im Treppenhaus spürte er leichte Übelkeit, er lief schnell hinunter, setzte sich in seinen Wagen und fuhr davon. Er hatte überhaupt keine Lust, darüber nachzudenken, was heute geschehen war, er wollte nur nach Hause. Gegessen hatte er auch nichts. Vielleicht war ihm ja auch nur vor Hunger schlecht. Er öffnete das Seitenfenster, spürte den kühlen Fahrtwind und erholte sich etwas. Morgen! Morgen würde er darüber nachdenken, was passiert war und was das bedeutete. Er erinnerte sich an den Schokoriegel in der Konsole, nahm ihn heraus und packte ihn während des Fahrens vorsichtig aus. Das Ding war verdammt weich, schmeckte aber richtig gut.

Als er in Königstein ankam, lag das Haus völlig im Dunkeln. Offenbar war Corry schon schlafen gegangen. Er parkte, ging zur Haustür und schloss auf. Das Haus war völlig still. Er ging ins Wohnzimmer und machte Licht. Er war vollkommen wach und wollte noch ein bisschen fernsehen, bevor er schlafen ging. Da bemerkte er das Blatt Papier auf dem Tisch, nahm es mit zur Couch und schaltete den Fernseher ein. Dann las er, was Corinna geschrieben hatte.

›Lieber Thomas, ich komme heute nicht nach Hause, vielleicht bleibe ich noch einen Tag länger weg. Ich bitte dich, bis übermorgen auszuziehen. Vielleicht hat deine Freundin ja Lust, dich aufzunehmen. Ich möchte die Scheidung. Das Alles können wir aber in Ruhe regeln. Es hat keine Eile.

Corinna

P.S.: Die Kinder sind für drei Tage bei Landmanns, falls du es vergessen hast.‹

Er las die Zeilen ein zweites Mal, saß reglos da und versuchte zu begreifen, was da stand. Dann sprang er plötzlich auf, raste ins Badezimmer und übergab sich.

23.55 Uhr

Es war ein wunderbarer Abend. Corinna genoss ihn in vollen Zügen. Es war goldrichtig gewesen, der Einladung zu folgen. Herr Reisebüro, der übrigens Sebastian hieß, hatte mit leichter Hand und vollkommen unangestrengt ein köstliches Essen zubereitet und serviert. Seine beiden Freunde waren ausgesprochen nette und lustige Männer, es wurde viel gelacht, erzählt und geschmaust. Sebastians Schwester, Nelly, eine kleine, gut aussehende Frau mit einem hinreißenden Lächeln, war ein wenig still, trank dafür aber ordentlich Wein. Die beiden Freunde, die bei einer Fluggesellschaft arbeiteten, bedauerten, dass sie aufbrechen mussten, aber ihr Dienst beginne unmenschlich früh. Sie verabschiedeten sich, und so saßen Corinna, Sebastian und Nelly zu dritt an dem großen Tisch in der riesigen offenen Küche. Die Balkontür war weit geöffnet, der Nachtwind wehte in sanften Stößen angenehme Kühle hinein.

Sebastians und Corinnas Blicke trafen sich oft und hielten die Augen des Anderen immer etwas länger fest. Zwischen ihnen war dennoch eine Unbefangenheit und Leichtigkeit. Sebastians lässiger Charme umfing Corinna, und sie genoss das entspannte Flirten. Nelly schenkte sich ein weiteres Glas Wein ein und sah Corinna neugierig an. »Wie ich sehe, sind

Sie verheiratet«, sagte sie mit dem Blick auf Corinnas Ehering. Die lachte. »Noch! Wissen Sie, ich lebe seit heute in Scheidung. Mein Mann hat seit Langem eine Geliebte.« »Hat er Ihnen das gesagt?«, fragte Nelly. »Aber nein, er glaubt, dass ich nichts davon weiß, der Ahnungslose.« Nelly starrte in ihr Glas und Sebastian lächelte. »Sie sind ein gefährliche Frau, meine Liebe, und nicht nur in einer Beziehung.« »Corinna«, sagte Nelly, »was macht Ihr Mann denn beruflich?« »Er ist Steuerberater, hat eine ziemlich große Kanzlei hier in Frankfurt, Mausolff und Partner. Vielleicht …« Weiter kam Corinna nicht, denn Nelly prustete laut und der Wein schoss ihr aus Mund und Nase über den halben Tisch. Sebastian sprang auf, holte Küchentücher und trocknete den Tisch so gut es ging. »Steuerberater!«, schrie Nelly. »Mein Gott, wie praktisch!« »Rotwein wäre schlimmer gewesen«, sagte Corinna. »Na, Nelly, bei denen sind wir doch auch mit unseren Läden«, sagte Sebastian. Nelly hustete. »Tut mir wahnsinnig Leid, habe mich verschluckt. Basti, rufst du mir ein Taxi? Fahren kann ich bestimmt nicht mehr.« Sie raffte Handtasche und Seidenschal zusammen. Als sie aufstand und die Küche verließ, schwankte sie deutlich. »Ich warte unten, die frische Luft wird mir guttun«, rief sie ihrem Bruder zu und verließ die Wohnung.

Nach Nellys blitzschnellem Aufbruch sagte Corinna: »Für mich wird es auch Zeit, Sebastian, ich schlafe heute bei meiner Freundin Claudia, tut mir Leid, jetzt musst du noch ein Taxi bestellen, ich sollte auch nicht mehr fahren.«

Sebastian nahm ihre Hand, sah ihr in die Augen und sagte: »Ich habe einen anderen Vorschlag, Corinna. Du könntest bleiben. Ich habe ein sehr schönes Gästezimmer, wir könnten zusammen frühstücken und vielleicht irgendetwas unternehmen, falls du Zeit hast, ich mach morgen frei.« Er lächelte sie an. »Möchtest du das Gästezimmer sehen? Für ganz, ganz ängstliche Gäste steckt sogar ein Schlüssel von innen.« Corinna war bezaubert und blieb. Sie redeten noch ein Weilchen, er bestand darauf, die Küche am Morgen alleine aufzuräumen, und begleitete sie zum Gästezimmer. Nach einer langen festen Umarmung löste sie sich von ihm und schlüpfte durch die Tür. Das Fenster war weit geöffnet, sie legte sich ins Bett. Sie ließ sich treiben und spürte die Echos von Sebastians Berührungen in ihrem Körper. Lächelnd schlief sie ein.

7.10 Uhr

Thomas sah so grauenhaft aus, wie er sich fühlte. Er hatte so gut wie gar nicht schlafen können, das leere Haus war ihm plötzlich wie ein fremder, feindlicher Ort vorgekommen, und so war er kurz nach Sonnenaufgang bereits nach Frankfurt hineingefahren und saß in seiner Kanzlei. Er hatte das dringende Bedürfnis nach einer Umgebung gehabt, die ihm das Gefühl gab, die Dinge unter Kontrolle zu haben. Sein Büro war dazu am besten geeignet. Er ging durch die noch leeren Räume und ihm wurde klar, dass dieser Ort nach der gestrigen Katastrophe der einzige noch stehende Pfeiler seiner Existenz war. Sein ganzes übriges Leben hatte sich innerhalb eines Tages in einen riesigen Trümmerhaufen verwandelt. Er hatte im Haus zwei Koffer gepackt, die hauptsächlich Kleidung und ein paar andere persönliche Dinge enthielten. Er hatte ratlos herumgestanden und zum Schluss noch sein Kopfkissen mitgenommen. Das Gepäck befand sich in seinem Wagen in der Tiefgarage. Er hatte mehrfach versucht, Corinna zu erreichen, aber sie hatte ihr Telefon offenbar abgestellt, auch die Mailbox sprang nicht an. Er fühlte sich völlig wirr und hilflos und wartete auf das Eintreffen seiner Sekretärin. Als Frau Baumann erschien, bat er sie in sein Büro. Er sei fürs Erste von zu Hause ausgezogen, teilte er ihr mit und hob die Hand, als sie etwas erwidern wollte. »Bitte unterbrechen Sie mich nicht, Frau Baumann. Ich möchte nicht, dass diese Tatsache hier in der Kanzlei diskutiert wird, ich werde keine Erklärung dazu abgeben. Ich bitte Sie, mir eine Wohnmöglichkeit zu suchen. Ich möchte noch heute einziehen. Sobald wie möglich jedenfalls. Irgendetwas für den Übergang. Ich bin dabei, mich neu zu orientieren. Danke, Frau Baumann.« Die Sekretärin verließ mit einem »Wird erledigt, Chef« das Büro. Zehn Minuten später klopfte Thorben an die halboffene Tür. Er habe zufällig mitbekommen, dass Frau Baumann mit einer Wohnen-auf-Zeit-Agentur über eine Bleibe für Thomas verhandelt habe und wolle nur zur Sicherheit mitteilen, dass er in dem Haus, in dem er wohne, seine frühere Einzimmerwohnung aus der Ausbildungszeit behalten habe. Er vermiete sie unter. An Leute, die für eine begrenzte Zeit in Frankfurt arbeiten. »Nichts dolles, Chef. Ein Zimmer mit einer großen Schlafcouch, Tisch und so weiter. Eine Miniküche, Dusche natürlich. Sie ist gerade frei geworden. Wollen Sie sich die Wohnung vielleicht ansehen?«

Thomas zögerte und sagte, das werde er später entscheiden. Nachdem Frau Baumann im Laufe des Tages keine sofort beziehbare Alternative auftun konnte und alle Hotels bis in die Vororte wegen einer Messe ausgebucht waren, ging er zu Thorben hinüber, um ihm zu sagen, dass er sich die Wohnung ansehen wolle. Nach Feierabend setzte Thorben sich auf sein Rennrad und fuhr los. Thomas holte sein Auto, gab die Adresse in sein Navi ein und schlich im Berufsverkehr auf die andere Seite des Mains nach Sachsenhausen.

Thorben war längst zu Hause angekommen, hatte bereits Kaffee gemacht und sich umgezogen, als Thomas eintraf. »Kommen Sie rein, Chef. Wollen Sie Kaffee?« Thomas wollte keines von beidem und wartete im Hausflur, bis Thorben mit dem Schlüssel zurückkam und eine Wohnung im Stockwerk darunter aufschloss. »Das isses, Chef«, sagte Thorben. Thomas trat ein und war angenehm überrascht. Das Zimmer war peinlich sauber, hatte einen schönen dunklen Fußboden und die große Schlafcouch sah hochwertig und einladend aus. Ein Glascouchtisch, ein kleiner Sessel und ein großes Glasregal, auf dem Flachbild-Fernseher mit DVD-Spieler und eine Stereoanlage untergebracht waren, rundeten das Bild ab. Das Fenster war groß und gab den Blick auf eine alte Kastanie frei. Die Wohnung lag nach hinten raus. Ruhe. Die Küche war winzig, aber gut und zweckmäßig ausgestattet und durch einen hohen Tresen, vor dem zwei solide Barhocker standen, mit dem Zimmer verbunden. Die Dusche hatte eine verschiebbare Glasverkleidung und sah neu und sauber aus. Verchromte Glasablagen, Rasierspiegel, nirgends überflüssiger Schnick-Schnack. Dieser Thorben hatte Geschmack. Der Preis war angemessen, und Thomas akzeptierte. Thorben, der schon den ganzen Tag schniefend und hustend durch die Kanzlei gelaufen war, empfahl ihm noch ein nahe gelegenes Restaurant, in dem man gut essen könne, und sagte, er müsse dringend in die heiße Wanne und ins Bett, da er inzwischen wohl auch Fieber habe. Er gab Thomas die Schlüssel und ließ ihn allein. Vom Essen zurück, erwog Thomas kurz, sich zu betrinken, entschied sich aber dagegen, denn erstens fand er außer Mineralwasser nichts Trinkbares, und zweitens musste er am nächstes Morgen wirklich fit sein. Schwierige Steuerprüfung, sehr schwieriger Mandant. Noch dazu sein größter Kunde. Er war vorbereitet, trotzdem würde das eine haarige Sache werden. Er legte sich auf die Couch, die so bequem war, wie sie aussah, und überlegte, ob er vielleicht einen Freund anrufen könne. Er ging die Kandidaten im Geiste durch und dabei überfiel ihn der Gedanke, dass er zu diversen Couches engere Beziehungen hatte als zu den Männern in seiner Bekanntschaft. Toll. Jetzt noch eine prima Identitätskrise, und dann könnte er sich einsargen lasen. Eins nach dem anderen. Er setzte sich auf und machte den Fernseher an. Er war aus der Kurve geflogen, so viel stand fest. Aber er wusste, was er wollte. Er wollte verheiratet bleiben. Er hatte zwar noch keine Ahnung, wie dieser Zustand zu sichern wäre, aber das Wichtigste war, nicht in Panik zu geraten. Er brauchte Zeit zum Nachdenken. Die Kinder. Corinna war eine gute Mutter und hatte den Scheidungszettel sicher im ersten Schock geschrieben, als sie herausbekommen hatte, dass es Nelly gab. Wie das hatte passieren können, war ihm ein Rätsel, aber irgendwie würde sich die Sache mit der Zeit doch wieder einrenken lassen. Ein großer Urlaub. Eine Kreuzfahrt! Corinna hatte immer eine Kreuzfahrt machen wollen, auf einem dieser traditionellen Luxusliner. Sie würde glücklich in einem Deckstuhl liegen, und er würde ihr eine Decke bringen. Genau. Das alles würde wieder werden.

Obwohl er völlig erschlagen war, kam er nicht zur Ruhe, sah bis 3.00 Uhr fern und wälzte sich danach noch lange im Dunkeln auf der Bettcouch von einer Seite auf die andere.

8.35 Uhr

Etwas knallte – Thomas schoss aus dem Schlaf, es knallte immer noch. Er brauchte einen Augenblick, bis er realisierte, dass jemand an die Wohnungstür schlug, es klingelte Sturm. »Chef!«, schrie Thorben. »Chef, machen Sie die Tür auf.« Thomas ging zur Tür. Sein aufgeregter, kranker Mitarbeiter stützte sich am Türrahmen ab. »Chef, ich hab Ihr Auto vorm Haus gesehen, als ich aus dem Küchenfenster sah. Sie haben verschlafen, Chef. Calbachs Steuerprüfung ist heute!« »Ja, weiß ich«, sagte Thomas und griff nach seiner Uhr. Es war viel zu spät. Das würde er nicht mal mehr mit einem Taxi schaffen, selbst wenn es jetzt schon vor der Tür stünde. »Das würden Sie nicht mal mehr mit einem Taxi schaffen, Chef. Nehmen Sie mein Rennrad, und das auch.« Er hielt den Rennradschlüssel und eine Schachtel Pfefferminze hoch. »Falls Sie zum Zähneputzen keine Zeit mehr haben, Chef«, sagte Thorben. Das Rennrad hatte er ans Treppengeländer gelehnt. »Scheiße, ich bin zum letzten Mal Fahrrad gefahren, bevor ich den Führerschein gemacht habe«, zischte Thomas, während er sich in fliegender Hast anzog. »Ach, Chef, das verlernt man doch nicht«, sagte Thorben. »Geben Sie her, und jetzt wieder ab ins Bett«, ordnete Thomas mit Blick auf Thorben an. Er schnappte sich das Rad und lief die Treppe hinunter. Die Höhe des Sattels passte, er sah sich die Gangschaltung an, fuhr vorsichtig ein kleines Stück und probierte die Bremsen. Das würde gehen. Gut, dann los. Er fuhr zum Fluss, überquerte die Straße und sauste am Main entlang. Das ging so leicht. Mann, war er schnell. Die Morgenluft vitalisierte ihn. Er fuhr schneller, schob die Hüften nach vorn und dehnte den Rücken. Aaah, hier kommt die große Katze! Hier kommt der Mann! Er erreiche die Brücke, schnappte das leichte Rad und rannte die Treppe hinauf, schwang sich in den Sattel und raste über den Main. Die Morgensonne spiegelte sich in den Fenstern der Hochhäuser, das fühlte sich wie Blitzlichter im Gesicht an. »Mausolff reißt die Etappe an sich, sensationell!! Dieser Mann arbeitet wie eine Maschine, was für eine Kraft, meine Damen und Herren!« Er verlängerte seine Ausatmung und synchronisierte den Atem mit dem Rhythmus seiner Beine. Das ging noch besser. Er bemerkte die rote Ampel erst, als er schon über die Straße schoss und sehr knapp einem weißen Jeep entging. Der Fahrer hupte und schrie wie verrückt, aber Thomas war schon um die Ecke geschnellt. Aufpassen! Mausolff, aufpassen! Er war schon fast da. Unfassbar. Er raste um die Ecke, am Stau vorbei und erreichte die Kanzlei. Er schulterte das Rad und stieg schnell die Treppen hinauf. Er preschte durch die Tür und rannte beinahe die Baumann um, die ihn mit offenem Mund anstarrte. »Die Herren haben angerufen, sie stehen im Stau, sie sind der Erste, Chef«, sagte sie. Thomas grinste und rollte die Schultern. »Baumännchen«, sagte er, »wer in Frankfurt Auto fährt, hat doch 'ne Panne.«

FLIEGEN IM NETZ

Natürlich war er braun gebrannt. Sein Arm schoss in die Höhe, als er mich durch die Scheibe neben dem Gateausgang erspähte, wo ich stand und ihn erwartete – den alten Freund, der sieben Wochen zuvor völlig erschöpft und erholungs-bedürftig wie lange nicht mehr nach Indien geflogen war.

Jetzt stand er lachend und wild gestikulierend am Gepäck-band. Ich legte den Kopf schief, so, als sei mir ein Rätsel, was er mir mitteilen wolle.

Er deutete auf das leere Band, dann auf die Stelle, wo bei den Geschäftsleuten, die mit ihm warteten, die teure Uhr sitzt, hob Schultern und Hände und sandte den Blick zur Decke. Diese Momente gehören zu den schönsten beim Freund-vom-Flughafen-Abholen.

Man atmet frei. Keine Blackboxsuche, keine Luftaufnah-men von im Ozean schwimmenden Trümmerteilen. Er hat den Flug erreicht, sichere Landung, das Flugzeug brachte den Freund zurück. Und natürlich ist es nie der erste Koffer, nicht mal der 17., es dauert, und das Warten ist schön.

Als er durch den Ausgang trat und auf mich zuging, machte er seinem Namen alle Ehre. Der Fürst des Lichts, der Lichtbringer. Michael leuchtete. Noch in seiner festen Umarmung lachte ich. »Na, Glücklicher.« »Das kann man wohl sagen, Mann, das war 'ne Reise.«

Als wir im Auto saßen, erzählte er von ihr. Er war nicht einfach nur verliebt. Sie sei es, sagte er. Endlich habe er die Frau gefunden, mit der er leben wolle. »Wo?«, fragte ich zwischen, und er lächelte. »Wahrscheinlich meistens in Indien.«

Zu Hause angekommen, packte er ein paar Dinge aus, auch ein schönes Geschenk für mich. Dann machte er Tee und zeigte mir die Fotos von der Reise. Häufig versucht man genau das zu umschiffen – ›Lesebrille vergessen‹, ist eine gute Ausrede –, denn die Fotos und Videos heimgekehrter Reisender anzusehen, macht nicht immer Spaß. Was früher der gefürchtete Diaabend war, gestaltet sich heute ähnlich langweilig. Der weit gereiste Mensch hält einem seine Digitalkamera vor die Nase, zeigt, wo bei diesem Modell vor- und zurückgezappt wird, und versucht zu erklären, warum er genau das aufgenommen hat, was man gerade anschaut. Das macht mitunter noch nervöser als Dias zu betrachten.

Das Wort ›Fotoshooting‹ erscheint im Digitalzeitalter endlich angebracht. Eigentlich verhalten sich die Digitalkamerabesitzer häufig wie Maschinengewehrschützen. Sie mähen mit Blitzlichtsalven die gesamte Umgebung umstandslos nieder. Es kostet weder Papier noch Konzentration, und so schwappt einem eine Flut von Daten, die irgendwie an Fotos erinnern, entgegen.

Michaels Fotos sind anders, und auch die Art, wie er sie präsentiert, ist angenehm. Er hatte sie bereits in seinem Laptop geordnet, und so zeigten sie im Wesentlichen die Chronik und Dramaturgie der großen Liebe zwischen ihm und der Frau seines Lebens.

Sie hieß Verena, war, wie er, Ende vierzig, Deutsche und lebte seit Jahren in Indien, wo sie arbeitshalber viel herumkam. Sie waren sich in Goa im Hause gemeinsamer Freunde begegnet. Von was sie wirklich lebte, habe ich in der Zwischenzeit vergessen, irgendetwas in Verbindung mit Schuhen oder Reisereportagen muss es gewesen sein.

Sie hatte sehr schöne Füße und einen guten Geschmack, das konnte man auf den Fotos sehen. Auch im Werfen tiefer Blicke und im Einnehmen vorteilhaften Posen war sie offensichtlich gut. Ihr Aussehen schien mir damals jedenfalls angenehm. Michaels Königin und sein eigenes, glückliches Gesicht auf den Bildern, die sie gemeinsam zeigten, schienen real und handfest. Zwei erwachsene Leute hatten sich gefunden, wie schön. Glückwunsch!

Michael, der immer selbstständig arbeitete und abenteuerlustig, neugierig und weitgereist ist, erzählte von den gemeinsamen Plänen und Überlegungen, alles unter einen Hut zu bringen und ein Zusammenleben zu organisieren, das beiden Platz für ihre beruflichen Engagements lassen würde. Er würde in drei Wochen noch einmal nach Goa reisen, wo man sich treffe wolle, und dann, weitere acht Wochen später, käme sie nach Berlin! Wir würden sie kennen lernen! Praktischerweise würde sie auf den gesamten Freundes- und Bekanntenkreis treffen, denn er hatte zu seinem 50. Geburtstag ein großes Fest geplant. Von seiner nächsten Reise erreichten glückstrotzende E-Mails und weitere Fotos mich und andere Freunde. Bei seiner Rückkehr erzählte er, wie wundervoll die Wiederbegegnung verlaufen sei und wie die Beziehung sich noch vertieft habe.

Es machte großen Spaß, mit dem begeisterten Mann Zeit zu verbringen, dem durch die Liebe so viel mehr Energie zugewachsen war und der beneidenswert gut und lebendig aussah. Verena und er mailten täglich mehrfach, und wir Freunde waren gespannt darauf, dieses Wesen kennenzulernen.

Dass wir darauf noch länger würden warten müssen, stellte sich heraus, als Michael eine Mail erhielt, in der Verena mitteilte, dass sie eine für sie ungeheuer attraktive und wichtige berufliche Chance nutzen müsse, die sie für längere Zeit nach Bhutan, Myanmar und Nepal brächte. Er solle wegen des Geburtstages nicht traurig sein und Verständnis haben.

Er hatte, und war doch etwas traurig, aber da Arbeit in seinem Leben ebenfalls hohe Priorität besaß, kam er gut mit der Entwicklung zurecht. Es folgten mehrere Wochen lang aufregende Mails aus dem aufregenden Bhutan mit seinem hohen, täglichen Eintrittspreis von 220 Dollar, die aber der Auftraggeber, der große Stücke auf sie hielt, bezahlte. Michael teilte diese Schilderungen häufig und gerne mit uns, sie waren wirklich exotisch und sehr detailliert. Die Farben der buddhistischen Mönchsgewänder, die Gerüche, der verinnerlichte Blick der Bhutaner wurden geschildert. Ein ferner Hauch der Atmosphäre dieses kleinen Königreiches im Himalaja wehte mich an. Die Ehrwürdigkeit der Dzongs, die sie besuchte, (ich schlug nach, es handelt sich um Klosterburgen) verschlug ihr die Sprache.

Sie beschrieb die Leichtigkeit und das gleichzeitige Fokussiertsein ihres Geistes, den köstlichen Geschmack des Ema Datshi, eines Eintopfgerichtes, das von Yak-Käse und rotem Reis gekrönt wird, und ihre immer während Sehnsucht, all das zusammen mit dem leidenschaftlich geliebten Michael erleben zu können. Tiefe Traurigkeit und brennendes Verlangen fielen sie manchmal derart an, dass sie bereits des Öfteren versucht gewesen sei, die Reise abzubrechen, schrieb sie. Michael versicherte sie seiner Liebe und Sehnsucht und mahnte sie selbstlos, stark zu bleiben und ihren Weg zu verfolgen.

Zu mir sagte er, dass er am liebsten mailen würde:»Brich ab, komm her, was willst du im ›Lande des Donnerdrachen‹, wo doch hier dein panthergleicher Prinz schmachtet, der es mit dir krachen lassen will.«»Aber das verbiete ich mir einfach, ich bin schließlich kein egoistischer 15-jähriger Romeo!«, sagte er. Er strich sich die Haare aus dem Gesicht, und für einen Augenblick sah er keinen Tag älter aus als 14.

Und dann brach der Kontakt plötzlich ab.

Michael tröstete sich ein paar Tage lang damit, dass vermutlich der Fall eingetreten war, den Verena vor längerer Zeit als möglich angekündigt hatte. Dass nämlich auf ihren Reisen in zum Teil unwegsamen Gebieten manchmal weit und breit kein Internetzugang zu erreichen sei, auch wenn die offiziellen Informationen etwas anderes besagten. Nach zehn Tagen brach Michael in Panik aus. Die Freunde suchten ihn zu beruhigen, was von Tag zu Tag schwieriger wurde. Das Internet wurde täglich nach kleinsten Meldungen über Unfälle von

Ausländern in Bhutan, Nepal und Myanmar abgegrast. Ohne jedes Ergebnis.

Endlich, nach geschlagenen drei Wochen die erlösende Mail. Sie lebte!

Sie befinde sich nach einer schweren Viruserkrankung auf dem Weg der Besserung. Es habe sie in einer abgelegenen Gegend schwer erwischt, Gott sei Dank sei ein kleines Krankenhaus dort gewesen, wo man sie mit der landestypischen Freundlichkeit behandelt und gepflegt habe. Die Gruppe mit der sie unterwegs gewesen sei, habe sie zurücklassen müssen und sei bereits auf dem Weg nach Myanmar. Selbstverständlich kein Internet. Sie sei sehr dünn geworden und noch schwach, hoffe aber, die Gruppe einzuholen, sie sei praktisch auf dem Sprung nach Myanmar und vermisse ihn ganz schrecklich. Im Fieberwahn habe sie ihn ein paar Mal bei sich an ihrem Bett sitzen sehen und seine liebe Hand auf ihrer Stirn gespürt. Sie liebe ihn sehr und werde sich in Kürze wieder per Mail melden.

Eine neue Mail erreichte Michael, in der sie schrieb, dass sie die Gruppe nun fast schon eingeholt habe und die Dinge sich gut entwickelten. Sie schloss mit einer humorvollen, von viel Sympathie getragenen Beschreibung der Charaktere dieser nicht weiter definierten Gruppe, die scheinbar aus fünf Männern bestand, und hob besonders den Scharfsinn, das ansteckende Lachen und die Fitness eines Neuseeländers namens Arthur hervor, bevor sie die Mail mit tausend virtuellen Küssen, die über Michaels gesamte Physiognomie verteilt wurden, schloss.

Das war das Letzte, was er von ihr hörte. Der Kontakt riss wieder ab. Inzwischen verwandelte sich Michael in ein nervliches Wrack. Krisenstäbe wurden unter Mitwirkung der Freunde gebildet, alle Möglichkeiten – vom schweren Rückfall in die Krankheit, bis hin zu eventuellen Verbrechen, die an Verena verübt worden sein könnten – wurden durchgespielt. Immer wieder las Michael Verenas Mails vor, die lebendig und ehrlich klangen. Betrachtungen darüber, ob sich hinter der friedliebenden Marke des Buddhismus möglicherweise doch verbrecherische Abgründe verbergen könnten, wurden angestellt, ebenso Mutmaßungen über die Absichten des ansteckend lachenden Arthur aus Neuseeland.

Die Freunde waren tief besorgt und stützten Michael so gut es ging.

Nur Myriam, ebenfalls eine langjährige Freundin Michaels, meldete kühl leise Zweifel an. In einer stillen Stunde setzte sie sich zu Michael und sagte ihm, was sie dachte. Mit dieser Frau, sagte Myriam, stimme etwas nicht. Die ganze Sache sei irgendwie faul.

Michael begann in Deutschland zu recherchieren. Geschickt, diskret und umsichtig. Er machte jemanden in Süddeutschland ausfindig, für die Verena gelegentlich gearbeitet hatte, erzählte der Dame von einem verabredeten Arbeitsvorhaben mit Verena und seiner Sorge darüber, dass sie sich nicht wie vereinbart bei ihm gemeldet hatte. Er erwähnte noch die schwere Erkrankung und den Dschungelkrankenhausaufenthalt und bat um ihre Hilfe.

Die Frau war erstaunt, zögernd zuerst, dann aber ihrerseits von der Sorge angesteckt, versprach sie Michael, sich um die Sache zu kümmern. Zwei Tage später rief sie tatsächlich an, um Michael mitzuteilen, die Gesuchte habe auf ihre Mail sofort geantwortet. Und zwar von dort, wo sie sie sowieso vermutet habe, aus Österreich. Sie befände sich seit Monaten auf dem Weingut ihres langjährigen Lebensgefährten und erfreue sich bester Gesundheit.

Aus dem Krater, den diese Erkenntnis in Michaels Seele schlug, schoss nach dem ersten Schock glühende Wut, die sich in seine letzte Mail an Verena ergoss. Sie antwortete knapp. Das Ganze sei doch nicht wirklich ungewöhnlich, schrieb sie. Sie habe sich eben lediglich für einen anderen Mann entschieden. Es tue ihr leid, aber das Geschehene bedauern, das könne sie nicht.

Michael hatte das grauenvolle Gefühl, seine Schädeldecke begänne sich ganz langsam zu heben. Sein Herz geriet immer wieder aus dem Rhythmus, was ihm die Empfindung einbrachte, dass mit der Dichte seines Brustkorbs etwas nicht stimme. Der ganze Mann zog sich zusammen, war am Ende seiner Kräfte, und im quälenden Sturz durch seine schlaflosen Nächte sah ihn das lächelnde Gesicht des Wahnsinns an.

Die Verletzung war lebensgefährlich, aber langsam begann sie zu heilen. Michael erholte sich allmählich und gewann auch seine geistigen Fähigkeiten wieder. Die Vorstellung, dass diese Frau die gesamten Bhutan- und Myanmarmails auf dem Anwesen ihrer vermögenden Weinbergsschnecke in Österreich verfasst hatte, wo es vermutlich sehr wenig Yak-Käse gab, war derart bizarr, dass sich Michaels große Liebe zu ihr schließlich völlig erschöpft in die stabile Seitenlage rollte und verendete.

Die Freunde waren erleichtert, und alle versuchten, die ungewöhnliche Grausamkeit, die im Verhalten der Dame lag, zu verarbeiten.

Die kluge Myriam hatte durchschaut, dass diese Frau mit Hilfe virtueller Werkzeuge einen Egotrip der extremen Art an Michael ausgelebt hatte. Wie alle schwer Verliebten hatte Michael an der Aufhebung der Schwerkraft gearbeitet. Verenas Hobby aber war Fliegen. Fliegen im Netz.

»Passagier Amanda Greeves wird dringend zu Ausgang B18 gebeten, letzter Aufruf für Passagier Amanda Greeves.«

Die Stimme klang angenehm. Paul löste Amandas Arme von seinem Hals. »Es ist so weit, my girl, du musst gehen, sonst verpasst du deinen Flug.« Amanda schniefte, sie hatte leise geweint, ihre Nase war rot und ihre dicken hellbraunen Haare bildeten einen dichten Vorhang, der den letzten langen Kuss der beiden vor den Blicken Vorbeigehender verbarg. Amanda ließ ihn los, drehte sich um und ging in Richtung Sicherheitskontrolle. Nur vier Fluggäste standen in der Reihe vor ihr. Als sie an der Reihe war, zog sie ihre Jacke aus und legte sie zu ihrer Reisetasche in die Plastikwanne. Dann drehte sie sich noch einmal um und warf ihm einen letzten Kuss zu. Er hob die Hand, sah sie durch die Kontrolle gehen, ihre

Jacke und Tasche einsammeln und schließlich um die Ecke verschwinden.

Paul blieb noch einen Moment lang stehen, dann ging er zum Ausgang, fand seinen Wagen auf dem Kurzzeitparkplatz und fuhr zurück in die Stadt. Inzwischen war es 22.30 Uhr. Er fuhr zu seiner Wohnung und setzte sich auf das Bett, in dem er und Amanda vor ein paar Stunden noch gelegen hatten. Er steckte die Nase in die Kopfkissen. Ihr Geruch war noch da. Er streifte mit dem linken Fuß den rechten Schuh ab, dann den anderen, drehte sich auf die Seite, rollte sich, die Hände zwischen die Knie geschoben, zusammen und schloss die Augen. Er sah Amanda in ihrem Flugzeugsitz, hoch oben im Nachthimmel, ihr schönes Gesicht mit den breiten Wangenknochen, den großen, grünen Augen, der hellen Haut mit den Sommersprossen. Sein Mädchen. Auf dem Weg zurück nach Hause, Auckland, Neuseeland. Bald würde das Essen vorbei sein, dann würden die Flugbegleiter die Kabine verdunkeln und der erste Film würde beginnen.

Paul war selbst schon Langstrecke geflogen, als Teenager mit seinen Eltern nach Florida. Das war lange her. Jetzt war er 28. Er flog noch eine Weile mit Amanda, dann schlief er ein.

Als er aufwachte, vollständig bekleidet, aber fröstelnd, war es noch dunkel. Er ging in die Küche und warf die Kaffeemaschine an. Danach ging er ins Bad. Geduscht und umgezogen setzte er sich in die winzige Küche, trank Kaffee und überlegte, wie er am schnellsten zu Geld kommen könnte. Sein Plan war klar. Er wollte nach Neuseeland und Amanda heiraten. Als Ehemann einer Neuseeländerin würde er kaum

Schwierigkeiten haben, eine Arbeitserlaubnis zu bekommen. Autos gab es überall, er war ein guter Kfz-Mechaniker und im Zweifelsfall sogar dazu bereit, sich selbstständig zu machen, sollte es mit einer Anstellung schwierig werden. Die gesamte Unternehmung schrie nach einem Polster. Einem dicken, fetten Finanzpolster, das ihm Zeit und Möglichkeiten verschaffen würde, sich in diesem fremden Land eine Existenz aufzubauen und mit Amanda zu leben. Immerhin 24 Jahre alt, war Amanda seltsam uninformiert, was den Alltag und die Lebensrealitäten in ihrem Land anging. Das hatte er manchmal irritiert festgestellt, wenn er sie nach dem Lauf der Dinge in Neuseeland fragte. Sie konnte ihm weder Haus- oder Mietpreise nennen noch irgendwelche Auskünfte über Durchschnittseinkommen, Möglichkeiten der Krankenversicherung oder Altersbezüge geben. So hatte er sich dem Internet zuwenden müssen, eine kleine Enttäuschung, da er ja als Geliebter von Amanda quasi an der Quelle saß. Statt zu sprudeln, lenkte die aber verspielt von diesen Themen ab und er überließ sich regelmäßig ihrem Charme und ihrer Zärtlichkeit.

Paul war früh auf sich selbst gestellt gewesen. Seine Eltern hatten ein kleines Installations- und Heizungsbauunternehmen besessen, was immer wieder gefährlich nah an den Riffen der Insolvenz entlanggesegelt war, hauptsächlich durch Berge von Außenständen für bereits erledigte Aufträge bedingt. Die Zahlungsmoral vieler Kunden war kaum noch als solche zu bezeichnen, und als sein Vater im Alter von nur 43 einen schweren Infarkt erlitten hatte, der umfangreiche Rehamaßnahmen nach sich zog, war das Unternehmen endgültig gekentert und wie ein Stein gesunken. Seine

Mutter, die immer eine fleißige Zuarbeiterin gewesen war, hatte den Schritt in die Chefinnen-Rolle nicht geschafft und die notwendigen schnellen Abwehrmaßnahmen unterlassen. So brach die Katastrophe ungebremst über die Familie herein. Den zweiten Infarkt überlebte der Vater nicht, und seine Mutter, geschwächt durch den Verlust ihres Mannes und des Hauses, das sie besessen hatten, nahm eine schleichende bösartige Erkrankung erst wahr, als diese das Stadium der guten Heilungschancen bereits überschritten hatte. So verlor Paul im Verlauf von nur zwei Jahren beide Eltern und fand sich als Vollwaise mit 17 Jahren in einer betreuten Wohngruppe wieder. Er schaffte jedoch seinen Realschulabschluss und eroberte eine Ausbildungsstelle in einem Kfz-Betrieb. Mit 20 hatte er ausgelernt. Die Wohngruppe hatte er bereits mit 18 verlassen, um mit seinem Freund Stefan zusammenzuziehen, der zwar noch beide Eltern hatte, aber nichts mehr mit ihnen zu tun haben wollte. Sie fanden zwei kleine, bezahlbare Wohnungen im selben Haus. Stefan studierte Psychologie und jobbte als Barmann. Die beiden verband neben der Tatsache, dass sie gut miteinander reden, schweigen und lachten konnten, die Vorliebe fürs Tauchen. Vor etwa drei Monaten, nach einem Einkauf im Tauchladen »The big blue«, waren sie noch auf einen Kaffee in ein Straßencafé gegangen. Dort war Paul Amanda begegnet.

Sie saß zwei Tische weiter und hatte den Inhalt ihrer großen Tasche fast vollständig auf dem kleinen Tisch aufgehäuft: eine Menge kleiner Täschchen, Beutel und Schachteln, Telefon, Kaugummi, Stadtplan, Pass und Sonnenbrille. Offenbar suchte sie etwas.

Paul beobachtet sie. Ein wunderschönes Mädchen in roten Hosen, grünem Kapuzensweatshirt und gelben Laufschuhen. Ihr üppiges hellbraunes Haar ringelte sich in glänzenden, dicken Strähnen bis zu ihrer Brust, sie strich es ein paar mal mit schnellen Bewegungen aus dem Gesicht, während sie in den Tiefen ihrer Tasche wühlte. Sie wurde nicht fündig, ließ sich in den Stuhl zurückfallen und blies die Wangen auf. Dann richtete sie sich auf und ließ ihren Blick wandern, um an Pauls Augen festzumachen. Sie sah ihn an, zog die Augenbrauen hoch und erhob sich. Sie kam an den Tisch, schenkte Stefan einen kurzen Blick und wandte sich Paul zu. »Kannst du mir helfen, bitte?« Ihr Akzent war stark, aber die Worte kamen flüssig. Paul nickte, und Stefan fragte: »What is the problem?« Amanda ließ die Schultern sinken und sah ihn an. »Deutsch bitte, so viel Zeit muss sein«, sagte sie. Das »Z« von Zeit sprach sei wie ein weiches »S«, und Paul schaute fasziniert auf ihre vollen Lippen, die sich beim Gebrauch der fremden Sprache heftig bewegten. »Ist gut«, sagte er. »Wie kann ich dir helfen?« Sie beugte sich zu ihm und sagte: »Ich habe die Adresse verloren von die Hotel. Es ist etwas wie faithful.« Paul schaute in ihre grünen Augen und eine kleine, glühende Hand berührte sein Herz. »Vertrauen, trauen, mmh«, sagte er und seine Gedanken verflüssigten sich und verrannen. »Ach«, sagte Stefan, »das kann nur das Hotel Bleibtreu sein, das ist gleich hier um die Ecke.« Amanda sah ihn an, zog die Augen zusammen, dann lächelte sie. »Ja, das ist es. Ich bin Amanda, hallo, darf ich sitzen mit euch?« Paul nickte und freute sich. Er sprang auf und holte Amandas Riesenrollkoffer, der bei ihrem Tisch stand. Sie räumte alles, was sie ausgebreitet hatte, zurück in ihre Tasche und setzte sich zu ihnen. Sie bestellten noch eine

Runde Kaffee und unterhielten sich. Amanda erzählte, dass sie gerade aus Paris gekommen sei und für einen Monat in Berlin bleiben wolle. Vielleicht länger.

Paul kannte das Hotel Bleibtreu, weil er in der zur Straße geöffneten Bistro-Bar einmal etwas getrunken und beim Blick in die Rezeption erstaunt festgestellt hatte, dass es sich bei diesem auf den ersten Blick unscheinbaren Haus um ein exquisites und dementsprechend teures, kleines Stadthotel handelte. Einen Monat oder länger im Hotel Bleibtreu? Das musste ein Vermögen kosten. Amanda erzählte, dass sie ihr Kunstgeschichtsstudium abgeschlossen habe und nun für acht Monate Europa bereise. Lissabon, Rom, London, Helsinki, Zürich, Paris und nun eben Berlin.»Wow!«, sagte Stefan.»Beneidenswert.«»Ja«, sagte Amanda,»es ist toll, mein Vater hat den Trip geschenkt.« Woher ihr gutes Deutsch käme, wollte Paul wissen.»Nicht so schlecht für einen Kiwi?«, lachte sie.»Ich habe ein Jahr in München studiert.« Ihr Großvater sei Deutscher gewesen. Sie plauderten eine Weile, und als sie zahlten, lächelte sie Paul an und fragte, ob er Zeit habe, sie zum Hotel zu bringen. Nichts, was er lieber täte, erwiderte Paul, und so zogen sie los. Amanda checkte ein, und Paul stand neben ihr.»Hilfst du mir mit Gepäck?«, fragte sie, und so bugsierte er bereitwillig den Koffer in den Aufzug. Sie fanden das Zimmer, sie schloss auf und sagte:»Komm!« Dann schloss sie die Tür hinter ihm und fiel über ihn her.

Paul saß in der Küche und dachte an die vergangenen, rauschhaft schönen drei Monate. Amanda war so bezaubernd, verspielt und wild und sie hatte schon nach ein paar Tagen zu ihm gesagt.»Du bist mein Mann, ich hab dich gefunden.«

Sie war im Bleibtreu wohnen geblieben, besuchte ihn aber auch in seiner kleinen Wohnung und sagte, dass sie es bei ihm sehr gemütlich fände. Er erfuhr, dass ihre Eltern geschieden waren und sie immer noch bei ihrem Vater lebte, der offenbar ein steinreicher Unternehmensberater war. Was genau er beruflich machte, konnte sie nicht erklären, es interessierte sie einfach nicht. Sie behauptete, Geld sei ihr ziemlich egal. Es sei zwar angenehm, es zu haben, aber sie könne auch anders leben. Nach vier Wochen lud sie ihn in ein sehr gutes, französisches Restaurant ein. Sie aßen, und nach dem Essen nahm sie seine Hände, sah ihm in die Augen und sagte:»Ich will eine Frage fragen. Willst du mit mir leben in Neuseeland? Willst du bei mir bleiben? Willst du mein Mann sein?«»Das waren drei Fragen«, sagte er,»zweimal ja, einmal weiß ich noch nicht, ich weiß nicht viel über Neuseeland, ich müsste hinfahren, um das zu entscheiden.« Sie lachte und freute sich. Sie werde ihm alles zeigen, es sei ein schönes, ein ganz tolles Land, und er werde es lieben. Und sicher hätte ihr Vater einen Job für ihn.

Paul hatte sich jeden Tag tiefer in Amanda verliebt, aber ihm war klar, dass er unbedingt seine Unabhängigkeit wahren wollte. Sich wirtschaftlich von ihr und ihrem Vater abhängig zu machen, wäre der größte Fehler, da war er sich sicher. Wenn er seine Selbstachtung und die Achtung Amandas erhalten wollte, musste er das alles aus eigener Kraft schaffen. Er sagte Amanda sehr deutlich, wie er darüber dachte, und wies gleichzeitig ihre Einladung und das Angebot, ihm ein Ticket zu schenken, zurück.

Sie hatte enttäuscht und ein bisschen verstört darauf reagiert und gefragt, wann er sie denn dann besuchen würde.

Paul hatte geantwortet, dass er wahrscheinlich sechs Monate bis ein Jahr brauchen werde, um alles zu regeln. Vor allem, um genügend Geld zu verdienen. Noch ein paar Mal hatte Amanda versucht, ihn umzustimmen, und je näher der Zeitpunkt ihrer Heimreise kam, umso schwerer fiel es ihm, bei seiner Haltung zu bleiben. Er würde sie fürchterlich vermissen, wusste aber, dass seine Entscheidung die einzig richtige war.

Er trank den dritten Kaffee. Er brauchte einen zweiten Job. Da er die normalen 40 Stunden in der Werkstatt arbeitete, manchmal sogar ein paar Überstunden dranhängte, stellte sich die Frage, welcher Job zeitlich und kräftemäßig zu schaffen war. Er könnte vielleicht zwei Nächte pro Woche arbeiten und natürlich am Wochenende. Er musste mit Stefan reden. Inzwischen war es hell oder das, was man an einem trüben Herbstsonntagmorgen hell nennt, und Paul holte seine Laufschuhe und die Sportklamotten. Eins nach dem anderen, dachte er. Stefan war in der Bar gewesen, was bedeutete, dass er nicht vor 14.00 Uhr wach war. Amanda saß immer noch im Flieger und überquerte einen Ozean, und er würde laufen gehen. Um den Schlachtensee.

Am Nachmittag ging er zu Stefan hinüber. Sie hatten sich, Amanda-bedingt, wenig gesehen in der letzten Zeit, und Stefan hatte sich mit Fragen zurückgehalten. Paul erzählte ihm von seinen und Amandas Plänen und fragte ihn, ob er irgendeine Chance sähe, ihn als Barmann anzulernen, und ihm helfen könne, einen zweiten Job zu finden. Während er um den See gejoggt war, war ihm diese Idee gekommen. Stefan überlegte. Das klang gar nicht so unrealistisch, fand er. Sein Chef eröffne in Kürze eine zweite Bar und habe sich seines Wissens noch nicht in Personalfragen entschieden. Dem Mann seien Qualifikationen zudem egal, ihm käme es einzig darauf an, dass die Leute gut seien, die für ihn arbeiteten. »Wenn du nach der Arbeit direkt in die Bar kämst, könnte ich dir für eineinhalb Stunden zeigen, wie man mixt. Ich habe die Schlüssel. Das könnten wir so lange durchziehen, bis du's draufhast. Und, sag mal, unsere Tauchreise kann ich als gestrichen betrachten, stimmt's?«»Stimmt, tut mir leid, Stefan, danke, dass du das für mich tust.«

Paul erschien vier Mal pro Woche nach der Arbeit in der Bar und schränkte seine sowieso nicht üppigen Ausgaben ein. Stefan fand ihn begabt als Barmann und arbeitete ihn gründlich ein. Paul lud das Skype-Programm auf seinen Computer und kaufte eine kleine Kamera, so dass er umsonst mit Amanda über Skype telefonieren konnte. Anfangs taten sie das fast täglich, aber auf Grund der Zeitverschiebung und Pauls Arbeitsbelastung mussten sie diese Kommunikation stark einschränken, denn Stefans Chef gab ihm tatsächlich probehalber den Job, den er mit einem zweiten Mann teilte. Paul machte sich gut und arbeitete alternierend drei und vier Mal pro Woche in der neuen Bar. Amanda war traurig, dass sie nicht mehr so oft skypten und sich wenigstens per Kamera sehen konnten, aber sie sagte, dass sie sehr stolz auf ihn sei und sich nach ihm sehne.

Der Vorteil an dem Barjob war, dass er gutes Geld brachte. Die Trinkgelder waren beachtlich, Paul hatte einen eigenen Stil entwickelt und konnte sehr gut mit den Gästen umgehen. Es machte ihm richtig Spaß. Die neue Bar lag in Berlin-Mitte, so dass sehr viele Touristen und Volk aus vielen Ländern kamen, und er merkte bald, dass sein Englisch immer besser wurde, denn er mixte jedes Mal auch für englischsprachige Gäste. Der Nachteil war, dass Paul ständig übermüdet war. An den barfreien Tagen ging er häufig gleich nach der Arbeit ins Bett und schlief wie ein Stein zwölf Stunden lang. Seine ständige Müdigkeit machte ihn auch immun gegen weibliche Versuchungen. Er passte höllisch in der Werkstatt auf, dass er sich durch das Übermüdetsein keine Verletzungen zuzog und achtete besonders auf seine Hände. Dieselbe Vorsicht galt für die Bar. Sein Polster wuchs. Er fand einen Untermieter für seine Wohnung, die er sicherheitshalber erst einmal nicht aufgeben wollte und plante seine Abreise.

Nach sieben Monaten war es so weit. Sein Chef in der Wertstatt ließ ihn ungern gehen, wünschte aber viel Glück. Einen Tag vor der Abreise sprach er mit Amanda, die er zehn Tage nicht erreicht hatte, und sie war seltsam aufgelöst. Ja, sie hole ihn ab, natürlich, sie sei nur so aufgeregt, es sie so viel Zeit gewesen, ohne ihn.

Und so landete Paul gegen 11.00 Uhr vormittags an einem Maisonntag in Auckland. Als das Gepäckband endlich seinen Koffer gebracht und er Pass- und Zollkontrolle passiert hatte, trat er aus dem Gate und suchte die Reihe der Wartenden mit den Augen nach Amanda ab. Er sah sie nicht. Er ging weiter, und da fiel ihm ein Schild ins Auge, auf dem »Paul Berlin« stand. Das Schild wurde von einer gut aussehenden Frau um die 40 gehalten, die seinen Blick bemerkt hatte und auf ihn zuging. Sie sprach ihn auf Englisch an und sagte, sie sei Helen, die Lebensgefährtin von Amandas Vater. Amanda habe nicht kommen können, stattdessen hole sie ihn ab. »No, no!«, sagte sie, als Paul erschrocken fragte, ob Amanda etwas passiert sei. »She's alright.« Sie zögerte einen Moment und schlug vor, in einer ruhigen Ecke einen Kaffee zu trinken. Paul wurde übel. Irgendetwas stimmte nicht. Es fühlte sich so an, als ob gar nichts mehr stimmte. Helen kämpfte um die Eröffnung ihrer kleinen Rede, die sie nun halten würde, nachdem der Kaffee serviert war, das konnte Paul sehen. »Go ahead, hit me«, sagte er und wappnete sich, so gut er konnte. Helen erzählte das Schlimmste zuerst. Amanda sei zu ihrem Boyfriend zurückgekehrt, der sehr um sie gekämpft habe, nachdem sie ihn verlassen hatte. Sie, Helen, hätte Amanda beschworen, Paul die Wahrheit zu sagen und ihn nicht um die halbe Welt ins offene Messer fliegen zu lassen, aber äußerlich sei das Mädchen erwachsen, sie habe nicht eingreifen können. Das eben sei das Problem. Amanda sei ein 24-jähriges Kind. Ein Kind mit einem guten Herzen, das er zu lange alleine gelassen habe. Sie könne nicht alleine sein. Es sei typisch, dass sie ihn an der ersten Station ihrer Europareise, Berlin, erobert habe. Paul begann zu verstehen. Sein Gefühl weigerte sich, aber sein Geist begann, die Lage zu erfassen. Kein Lissabon, kein Rom, kein Paris. Das Mädchen war gerade erst in Berlin angekommen, als sie sich trafen. Es war ihr erster Tag in Europa gewesen. Helen sagte, Amanda habe es nicht fertig gebracht, ihm die Wahrheit zu sagen, sie habe ihm nicht wehtun wollen und können. Paul lachte kurz auf. Nicht wehtun. Unglaublich. Er legte das Geld für den Kaffee auf den Tisch, dankte Helen und ging ins Freie. Er schaute in den Himmel und auf den Parkplatz und wusste, dass das das Einzige war, was er von Neuseeland sehen würde. Zurück nach Berlin? Irgendwann.

Er konnte Autos reparieren und Drinks mixen. Er würde das überleben. Er hatte genügend Geld für viele Monate. Paul ging zurück in den Flughafen und kaufte ein Ticket nach Denpasar auf Bali.

JONNY

Barbara war Single. Obwohl der Begriff seit Jahrzehnten gebräuchlich war, kam er ihr fremd vor. Das klang nach Glöckchen oder bestenfalls nach Beatles-Schallplatte. Die kleinen Dinger, auf denen sich nur ein Song befunden hatte. Und die B-Seite. Schon als Mädchen war sie eher der Langspielplattentyp gewesen. Eine Zeit, in der man das Single-Dasein als »Grade-Keinen-Freund-Haben« bezeichnete.

Ihre Mutter hätte den ungebundenen Zustand »alleinstehend« genannt. Das klang traurig und bedrohlich. Nach Anstrengung und Einsamkeit und Gefahr. Alleinstehende Bäume werden von Stürmen eher gefällt als solche, die durch das Zusammenstehen geschützt sind. Vielleicht hatten Frauen der Generation ihrer Mutter deshalb auch an deprimierend schlechten Ehen festgehalten. Weil sie befürchteten, alleinstehend von den Stürmen des Lebens umgerissen zu werden.

Ihre beiden lange verstorbenen Großmütter hätten zu drastischeren Beschreibungen wie »alte Jungfer« oder »hat keinen abgekriegt« gegriffen, um den Mann-losen Zustand zu beschreiben.

In dem kleinen Dorf, aus dem sie kam, waren früher bereits ledige Endzwanzigerinnen als alte Jungfern bezeichnet worden, und sie erinnerte sich an ihre kindliche Verwirrung durch den Begriff »Blaustrumpf«, den eine der alten Nachbarinnen auf ihre unverheiratete Klassenlehrerin angewandt hatte. Das hatte fremd und unfreundlich geklungen und einen verächtlichen Unterton gehabt.

Barbara fand Fräulein Töppel sehr nett und hatte sie nie in anderen Strümpfen als in Nylons gesehen. Die blauen Strümpfe musste die Lehrerin also heimlich zu Hause tragen. Die Sache blieb ein Rätsel.

Viel später, in der elften Klasse, Barbara war bereits entschlossen, Journalistin zu werden, klärte sich das Geheimnis, und sie fand das Gedicht eines gewissen Oscar Blumenthal, über das sie sich maßlos ärgerte. Es lautete:

Alle Eure poet'schen Siebensachen –
Ich schätze sie nicht ein Pfifferlein.
Nicht sollen Frauen Gedichte machen:
Sie sollen versuchen, Gedichte zu sein.

Prost Mahlzeit, besten Dank! Ein Mann mit einem schönen Namen, der gehässige Zeilen schrieb. Als Gedicht taugte das Ding nichts. So viel war sicher. Sie empfand Mitleid mit Blumenthals freiheitsliebenden Zeitgenossinnen und Fräulein Töppel, deren Stand im Dorf kein leichter gewesen sein konnte.

Wenn sie ihr eigenes Leben betrachtete, dachte sie nie an sich als Barbara, den Single. Sie war Barbara, die gute Tage hatte und fürchterliche, an denen sie ratlos war und gar nichts zu Stande brachte. Langweilige Tage, die spurlos vorbeirauschten. Aufregende, glückliche und leichte. Traurige, kicherige und solche, an denen ihre Haare nicht saßen.

Aus dem Alter, in dem sie gelegentlich gefragt worden war, ob sie nicht doch noch Kinder haben wolle, war sie inzwischen heraus, und ihre letzte Liebe war schon vor etlichen Jahren in die Brüche gegangen.

Sie hatte insgesamt mehr Lebenszeit partnerlos als liiert
verbracht, einen ernst gemeinten Heiratsantrag abgelehnt und ihre Liebesbeziehungen hatten die Fünf-Jahres-Grenze nie überschritten.

Der Anruf kam völlig überraschend. Zuerst erkannte sie die Stimme nicht und versuchte, den Namen einzuordnen. Jonny? »Na, mein Engel, hast du mich vergessen?« Und dann lachte er. Dieses wilde, warme, laute Lachen, überquerte blitzartig einen Ozean von Zeit, und mit einem Mal wusste sie, mit wem sie telefonierte. »Jonny! Wo bist du?« »Hier«, sagte er, »zur Berlinale. Ich würde dich gerne sehen.« »Ja«, sagte sie sofort, »ich dich auch.« Sie verabredeten sich für denselben Abend, und Barbara wartete vor dem Lokal. Sie ging häufig alleine essen, besonders auf beruflichen Reisen, und hatte keine Scheu, ein Lokal allein zu betreten und sich einen Tisch zu suchen, aber jetzt fühlte sich das nicht richtig an. 27 Jahre. So lange war es her, dass sie ihn zuletzt gesehen hatte. Sie hatte ihn das gemütliche englische Hotelzimmer verlassen sehen, mit seinem schönen Lächeln und seiner warmen Lache, und hatte sich wohlig im Bett umgedreht, um noch ein bisschen weiterzuschlafen. 27 Jahre. Sie wollte ihn stehend erwarten. Er kam um die Ecke, strahlte und behielt sein gemächliches Tempo bei. Barbara ging ihm entgegen. Ohne es zu bemerken, übernahm sie den Rhythmus seiner Schritte, und kurz bevor sie einander erreichten, öffnete er die Arme. Sie hob ihre, und sie kamen in einer perfekten Umarmung zum Stehen. Ein völlig reibungsloses Andockmanöver, stark und sicher. Ihr Kopf lag an seiner Schulter, ihre Nase passte unter sein Kinn, und sie lachte, als sie eine längst vergessene, vertraute Berührung seiner Hand an ihrem Rücken spürte. »Das machst du immer noch«, sagte sie. »Und du gräbst dich immer noch an meinen Hals.« Als sie später an diese Umarmung, an das Wiedersehen dachte, war ihr klar, dass es in diesem Augenblick schon passiert war. Etwas, was sie im Kino niemals glauben würde. Nach all der Zeit, knallte es in diesem Moment genauso wie beim ersten Mal, und sie war verliebt und wehrlos hingerissen. Sie war völlig unvorbereitet zum zweiten Mal demselben Mann verfallen. Dem Mann, der eine Australierin geheiratet hatte, dessen Kinder längst erwachsen waren und der seit Jahrzehnten in Sydney lebte.

Als sie einander das erste Mal trafen, waren sie beide 23. Zwei durch unerfreuliche Familienverhältnisse abgehärtete junge Leute, die mit noch nicht einmal 18 das Weite gesucht und gefunden hatten.

Jonny war bereits ein gefragter Kameramann gewesen und Barbara Regieassistentin, die zwischen den Filmen versuchte, ihr Schreiben weiterzuentwickeln, in der Hoffnung, irgendwann als Journalistin davon leben zu können.

Jonny war offensiv und angriffslustig und verschaffte sich durch sein Können Respekt. Sein Lachen war am gesamten Drehort hörbar, und er konnte stinksauer, manchmal cholerisch werden, wenn er sich in seiner Arbeit sabotiert fühlte.

Sie arbeiteten an einem Film mit dem Titel »Schritte ins Wasser«, der innerhalb der Crew heimlich in »Schritte im Waschbecken« umgetauft worden war, eine ziemlich verquaste Geschichte, die sich später nicht gerade als Klassenschlager herausstellen sollte.

Barbara war als Assistentin in der Hauptsache mit dem Regisseur beschäftigt, der, was sein Sozialverhalten anging, ein Pflegefall war. Dafür hatte sein Ego die Ausmaße Bayerns. Gedreht wurde in Deutschland und Südengland. Die finanziellen Möglichkeiten der Produktion waren vergleichsweise opulent. Man hatte zwei Stars engagiert, die einander nicht mochten und deshalb regelmäßig kleinste Mücken zu monumentalen Elefanten aufbliesen, die das gesamte Set für Stunden niedertrampeln konnten.

Der Regisseur, der sich für hochsensibel hielt, den Barbara aber im Stillen unter »brutale Mimose« einsortiert hatte, begab sich in diesen Fällen in seinen Wohnwagen, wo er elegisch auf seinem eigens eingeschleppten Regiesofa abhing, während sie vermittelnd zwischen den Kombattanten hin und her raste, um den havarierten Drehtag wieder flott zu kriegen.

Jonny verabschiedete sich bei diesen Vorfällen regelmäßig in Richtung Catering, wo er an den kochenden Mädels sein wölfisches Grinsen ausprobierte und sich den Bauch vollschlug.

49

Schon in den ersten Tagen begann Jonny, Barbara lange glitzernde Blicke zuzuwerfen, die sie auffing und einsteckte. Eher schüchtern verschanzte sie sich hinter einer gleich bleibend ernsten und, wie sie glaubte, undurchdringlichen Miene. Sie beobachtete ihn heimlich, war hingerissen von seinen Bewegungen, seiner Stimme, seinem Können und seiner Kraft und musste bereits am dritten Tag feststellen, dass sie hoffnungslos verknallt war.

Sie sah Jonny mit anderen Frauen am Set schäkern und flirten und beobachtete, dass er sich gegenüber einer sehr gut aussehenden Schauspielerin kleine, charmante Frechheiten herausnahm, die erfreut und kokett entgegengenommen wurden. Wie in einer Filmcrew und vergleichbaren geschlossenen Systemen üblich war Tratsch an der Tagesordnung, und Jonny gehörte, zumindest unter den Frauen, zu den meistdurchgehechelten Personen der Produktion. Er hatte seinen Ruf als Flirter und lady's man weg, eine Maskenbildnerin wollte um eine bestehende Beziehung wissen, die aber im Verenden begriffen sei. Keine der in der Produktion engagierten Damen gab aber preis, irgendwelche intimeren Beziehungen zu Jonny gehabt zu haben. Gerüchte und Spekulationen kreisten, und Barbara verbarg ihre stärker werdenden Gefühle für ihn hinter der Maske des Desinteresses.

Die Mitglieder der Produktion waren auf verschiedene Hotels verteilt, und nach einem erneuten Drehortwechsel bewohnten Jonny und Barbara Zimmer im selben Haus. Am Vorabend eines drehfreien Tages trafen sich die meisten an der Hotelbar, um zu trinken und zu entspannen. Barbara ging irgendwann hinaus in die Halle, um zu telefonieren. Als sie das Gespräch beendet hatte, drehte sie sich um, um in die

Bar zurückzugehen, und stieß beinahe mit Jonny zusammen, der plötzlich ganz dicht vor ihr stand. Sie schaute zu Boden und tat einen schnellen Schritt zur Seite. Jonny tat auch einen Schritt und stand wieder genauso dicht vor ihr. Barbara versuchte es mit der anderen Seite, spürte, dass das Blut ihr ins Gesicht schoss, und wagte nicht, ihn anzusehen, weil sie durch seine plötzliche Nähe dabei war, völlig die Fassung zu verlieren. Jonny vertrat ihr wieder den Weg. »Guck mich doch mal an, mein Engel«, sagte er, »oder wollen wir mit dem Tänzchen weitermachen?« Er trat noch näher und sagte: »Mit dir wollte ich von Anfang an tanzen.« Barbara hob den Kopf und hoffte, dass sie ihre Züge unter Kontrolle behalten würde. Er stand so nah bei ihr und roch so gut, sie konnte nicht anders, als ihre Hände zu heben und auf seine Brust zu legen. »Na endlich!«, sagte Jonny und küsste ihre Schläfe und ihren Mundwinkel. Er legte seinen Arm um sie und setzte sich und damit auch sie, in Bewegung. Grinsend sagte er: »Weiter sollten wir hier nicht gehen. Guck mal, die Meute schickt schon Späher.« Zwei Crewmitglieder standen am Hoteleingang und schauten in die Halle. »Besuchst du mich? Nachher? Ich bin da.« Er zog seinen Zimmerschlüssel aus der Tasche, um sie seine Zimmernummer sehen zu lassen. »Ich weiß nicht so genau«, sagte Barbara leise. »Ich weiß nicht, ob das so gut ist.« »Wenn du nicht kommst, wirst du nicht erfahren, wie gut das ist«, sagte er. »Geh zurück in die Bar und finde raus, ob du mich genauso toll findest, wie ich dich.« Er küsste sie noch einmal auf die Schläfe, ließ sie los und schlenderte, ohne sich umzudrehen, zum Aufzug. Als die Aufzugstüren sich geschlossen hatten, stürzte Barbara aus der Halle ins Freie. Ihre Jacke war noch in der Bar, es war ein kühler Abend, aber ihr war nicht kalt. Im Gegenteil, ihr Gesicht glühte immer noch und ihre Gedanken rasten. Dieser Kerl hatte sie im ersten Anlauf erobert. Und mit welcher Leichtigkeit! So machte er das also. Sie war in ihn verliebt. Sie wollte ihn, mehr als irgendjemanden, aber sie hatte große Angst. Er hatte sie eingefangen, sie war sicher eine von vielen. Sie würde eine kleine Affäre für ihn sein und sich zum Gespött der anderen machen, wie ein verliebtes Kalb würde sie ihn anhimmeln, während er souverän weiter flirten und lachen würde. Dieses unglaublich anziehende, lebendige Lachen. Die anderen würden sich lustig machen.

»Schau an, Jonny hat die kleine Assistentin flachgelegt ...«

Die Stärke und Plastizität ihrer Befürchtungen verwirrte sie, sie ging auf dem Parkplatz auf und ab, bis ihr klar wurde, dass das daran lag, dass ihre Entscheidung schon gefallen war. Er hatte sie. Sie würde zu ihm gehen. Sie konnte gar nicht anders. Sie gab sich selbst Regieanweisungen: Zieh dich warm an und versuche, es leicht zu nehmen. Genieße es, solange es läuft. Verleg den Schmerz auf später. Später, wenn der Film abgedreht ist. Wenn der Film und die Affäre zu Ende sind. Bis dahin, dachte sie, ist es noch eine ganze Weile, sind es noch viele Nächte.

Sie ging zurück ins Hotel, ging in die Bar, holte ihre Jacke, zahlte und rief »Gute Nacht« in die Runde und »Schönen Off-Tag, Leute«. Sie fuhr in den vierten Stock und ging zu seinem Zimmer. Vor 4126 blieb sie stehen und versuchte, ruhig zu atmen. Wenn sie jetzt klopfte, gab es kein Zurück mehr. Sie hob die Hand und noch bevor sie klopfen konnte, öffnete sich die Tür und Jonny zog sie ins Zimmer.

Die Produktion zog nach Südengland um, und am frühen Morgen des zweiten Tages passierte der Unfall, Jonny und sein Assistent waren in einem Mietwagen unterwegs, als ihnen ein Wagen auf ihrer Spur entgegen kam. Der Fahrer hatte sich bei einem Überholmanöver verschätzt, und um den frontalen Aufprall zu vermeiden, hatte Jonny das Lenkrad herumgerissen. Das Auto mit den beiden Männern war eine steile Böschung hinabgestürzt, hatte sich mehrfach überschlagen und war Dach unten auf einem Acker liegen geblieben. Jonny war schwer verletzt, zwei Wirbel waren zertrümmert, ein Bein gebrochen und zahlreiche Prellungen und Schnittverletzungen kamen dazu. Sein Assistent hatte mehr Glück, er kam mit relativ leichten Verletzungen davon. Ein Rettungshelikopter flog Jonny in eine Londoner Klinik. Barbara erfuhr als Erste davon. Das gesamte Team war drehfertig und der Regisseur hatte bereits den ersten Wutanfall ob der Abwesenheit seines Kameramannes und dessen Assistenten hinter sich und erholte sich auf seiner Couch, als der Sohn des Hoteliers auf seinen Motorroller angefahren kam, um ihr von dem Anruf mit der Unfallnachricht zu berichten und sie zum Telefonieren mit ins Hotel zu nehmen. Sie rief aufgelöst in der Klinik an und erfuhr, dass Jonny noch operiert werde. Am liebsten wäre sie sofort nach London gefahren, aber das war vollkommen ausgeschlossen. Ein anderer Kameramann musste gefunden und eingeflogen, die Drehpläne mussten den Ereignissen angepasst werden. Sie hatte jede Menge zu organisieren, die Arbeit musste weitergehen. Sie dachte ständig an ihn, erinnerte sich an jede Einzelheit ihrer 20-tägigen Liebesgeschichte. Denn genau das war es für sie. Liebe. Sie versuchte mit der Tatsache fertig zu werden, dass dieser Mann, der vollkommen unerwartet in ihr Leben geknallt war, genauso plötzlich wieder daraus verschwand. Sie hatten nicht sehr viel geredet. Sie hatten einander fast nichts aus ihrer beider Vergangenheit erzählt, was Barbara in ihrer Annahme bestätigte, dass es bei der Affäre, die nur für die Zeit dieser Dreharbeiten sein würde, bliebe. Sie hatte ihn einmal nach seiner Freundin gefragt, er war ausgewichen und hatte nur kurz darüber gesprochen. Die Sache sei eigentlich vorbei, man wohne nur noch zusammen, auch das werde er ändern, sobald er Zeit dazu fände. Filmleute sind selten zu Hause. Das wusste sie aus eigener Erfahrung. Barbara versuchte zu akzeptieren, dass Jonny aus ihrem Leben verschwunden war. Ein paar Mal telefonierte sie noch mit seinem Assistenten und erfuhr, dass es ihm langsam besser gehe. Die Reha-Maßnahmen zogen sich über Monate hin. Barbara stürzte sich in den nächsten Film und ließ die Finger vom Telefon, sobald der brennende Wunsch aufkam, ihn in der Reha-Klinik zu erreichen. Der Mann kämpfte sich zurück in den aufrechten Gang und hatte wahrscheinlich genug mit sich selbst und möglicherweise seiner unklaren Freundin zu tun und brauchte Telefonate mit einer Kurzaffäre aus einem abgedrehten Film so dringend wie einen neuen Hut.

Ein knappes Jahr später hörte sie von dem Assistenten, dass Jonny in England geblieben sei und eine neue Freundin habe. Eine australische Physiotherapeutin, die ihn in seiner schweren Zeit betreut und begleitet hatte. Sandie hieß sie. Weitere eineinhalb Jahre später erzählte ihr irgendwer, Jonny habe Sandie geheiratet, die beiden hätten eine kleine Tochter und seien nach Sydney gezogen. Er habe in Australien auch beruflich Fuß gefasst und drehe inzwischen Tierdokumentationen.

Tierfilmer, das passte gut zu ihm, fand Barbara. Und Australien war am anderen Ende der Welt. War dort Sommer, lebte Barbara im Winter. Zwei Welten. Jonny war und blieb eine ganze Welt weit weg. Die Zeit strömte.

Die Wiederbegegnung war erstaunlich unverlegen. Sie suchten sich einen Tisch, aßen, tranken Wein und erzählten. Er erwähnte seine Frau Sandie nur kurz, aber in seinem Ton konnte sie hören, dass die Verbindung der beiden tief und stark sein musste. Ausführlicher erzählte er von seinen beiden Kindern, die inzwischen schon junge Erwachsene waren, aber beide noch im Elternhaus wohnten. Barbara fand das erstaunlich, und Jonny erwiderte ein bisschen verlegen, dass er dem Tag ihres Auszuges nicht mit Freuden entgegensähe. Offenbar hing er sehr an ihnen. Sie redeten über ihre Arbeit. Barbara hatte sich als Journalistin etabliert, er drehte in der Hauptsache immer noch Tierfilme und hatte damit so viel Erfolg, dass er und seine Familie gut davon leben konnten. Sie hatten ein schönes Haus mit Riesengrundstück. Er reiste viel. Beide hatten ihre Mobiltelefone auf den Tisch gelegt und sie lachten sehr, als sie sich daran erinnerten, wie große Film- und andere Produktionen ohne die kleinen Dinger und ohne Computer bewältigt worden waren – es war überhaupt kein Problem gewesen. »Und privat ist die ganze Romantik des Telefonierens verschwunden«, sagte Barbara. »Denk doch mal, in bestimmten verliebten Zeiten verließ man das Haus nicht, um keinen Anruf zu verpassen.« Jonny beugte sich vor und sah ihr fest in die Augen. »Und manchmal wartet man auf einen Anruf, der nie kommt, stimmt's, mein Engel?«

Barbara war irritiert. Diese kleine Grausamkeit hatte sie

ihm nicht zugetraut. Er hatte also sehr wohl bemerkt, wie verliebt sie damals war in ihn, und ihm war bewusst gewesen, dass sie sich nach ihm sehnte, ihn vermisste und sich so sehr gewünscht hatte, dass er sich bei ihr meldete. Dass er das nie getan hatte, hatte sie nicht überrascht, dass er aber jetzt in dieser alten Wunde bohrte, verstörte sie und sie überging seine Bemerkung. »Keine Antwort?«, setzte er nach. »Keine Antwort«, sagte Barbara. Sie ließen die atmosphärische Störung vorbeigehen, und Jonny schlug einen Spaziergang zu seinem Hotel vor, um dort noch ein bisschen in der Bar zu sitzen, auf ein letztes Getränk. Hotelbar, dachte sie, der Mann hat Nerven. Sie prüfte sich kurz, wollte sie sich auf eine Zeitreise einlassen? Sie gingen umarmt, ihre Schritte synchronisierten sich flüssig, kein Ruckeln, keine Unbequemlichkeit, es war ganz leicht. Sie erkannte, dass die Reise längst begonnen hatte, und wunderte sich kein bisschen, dass in der Hotelbar, in angenehmer Lautstärke, Songs aus den 70ern gespielt wurden. »I've been through the desert on a horse with no name«. Sie kicherte. »Erinnerst du dich an unseren englischen Topmimen?« Jonny stutzte. »Hör doch mal, der Song«, sagte sie, und er begann einen Moment später zu lachen. »Ja, klar, mein Gott, war der besoffen! Nach diesem Wahnsinnssatz ist er auch gleich vom Barhocker gefallen, erinnerst du dich?« Der englische Hauptdarsteller trank an den Abenden vor drehfreien Tagen derart viel, dass er regelmäßig von Teammitgliedern auf sein Zimmer getragen werden musste. An besagtem, 27 Jahre zurückliegenden Abend hatte er bereits sturzbetrunken an der Bar gesessen, als dieser Song gespielt wurde. Zu aller Überraschung erlangte er noch einmal kurz das Bewusstsein, hob den Kopf, zeigte auf den Lautsprecher und grunzte:

»Stupid refrain … on a horse with no legs, that would impress me!«, bevor er wieder zusammensackte, um kurz darauf ganz vom Hocker zu fallen. Die ganze Mannschaft hatte hysterisch geschrien vor Lachen, und zwei Beleuchter hatten den erstaunlicherweise unverletzten Briten in sein Zimmer geschleppt. »War das nicht der Abend?«, fragte Jonny und zog Barbara zu sich. »Du weißt verdammt genau, dass das der Abend war«, sagte sie leise. »Eigentlich ein Wunder.« Ihre Blicke verfingen sich, er schob die Hand in ihr Haar, sie legte ihre in seinen Nacken, und sie küssten sich. Einmal, mehrfach, sie saßen in der Hotelbar und knutschten eine Viertelstunde. Sämtliche Wachen und Drachen, die Barbaras Festung bewachten, hatten resigniert und entnervt die Waffen fallen lassen und waren vom Hof geritten. Sie war wehrlos. Geschichte wiederholte sich doch.

Jonnys Kopf lag an ihrer Schulter. Sie lagen eng umschlungen, Barbara hielt ihn voller Ehrfurcht vor der Tatsache, dass die Liebe und Anziehung offenbar völlig unbeschadet eine so lange Zeit überlebt hatten.

»Und ich hatte mir geschworen, dass mir das mit dir nicht noch einmal passiert«, sagte Jonny. »Du hast mich dermaßen im Stich gelassen, weißt du das? Weißt du, wie sehr ich gewartet habe, dass du dich meldest? Kein Anruf, nichts. Du hast mich einfach da liegen lassen. Ich war so schwer verletzt, hatte keine Kraft zu kämpfen.«

Barbara löste sich aus der Umarmung, um ihm ins Gesicht zu sehen. Sie setzte sich auf, mit dem Rücken gegen das Kopfteil des Bettes gelehnt. Er nahm dieselbe Haltung ein. So saßen sie in diesem Bett, in diesem Hotelzimmer. »Nein«, sagte Barbara. »Jonny, das habe ich nicht gewusst.« Sie erzählte ihm, wie ihre Version der Geschichte aussah, und war erschüttert. Erschüttert von der Tatsache, dass sie nicht bemerkt hatte, dass er ihr dieselben Gefühle entgegengebracht hatte wie sie ihm. Dass sie nicht einmal auf den Gedanken gekommen war, sie könnte ihm mehr bedeutet haben als eine unverbindliche Affäre.

Jonny schüttelte den Kopf. »Ich glaube, ich spinne«, sagte er. »Hör zu, mein Engel, ich finde wir brauchen alle Treffen, die ich in diese vier Tage reinquetschen kann, bevor ich zurückfliege. Das ist zuviel auf einmal, lass uns erst mal schlafen.

Sie trafen sich sooft es ging und sprachen miteinander, schliefen miteinander und bereiteten sich auf den Abschied vor. Sie trennten sich am Morgen seiner Rückreise, und beide machten leise die Tür zu ihrer Geschichte wie sie war und wie sie hätte sein können zu, damit er zurück in sein Leben konnte, und sie in ihres.

Zwei Welten. Zwei Leben.

I

Der ICE aus Hamburg hatte 40 Minuten Verspätung. Lisa Caspari hatte zwei uneingeplante Cappuccinos getrunken, um die Wartezeit zu überbrücken, stand jetzt am Servicepoint, der mit Martina als Treffpunkt ausgemacht war, und musste dringend aufs Klo. Toll. Wiedersehen nach 25 Jahren und als Erstes musste sie. Sie erwog kurz, zu warten, entschied sich dann aber für einen sofortigen Abstecher zu McClean. Abi '78, das war eine Ewigkeit her. Als Lisa zurückkam, sah sie Martina am Servicepoint stehen. Sie sah großartig aus. Schlank und beweglich. Elegant und locker. Die glatten, fast schwarzen Haare waren zu einem perfekten Bob geschnitten, das Gesicht fast ungeschminkt bis auf Wimperntusche und Lippenstift in einem weichen hellen Rot. Sie trug Hosen, ein Jackett und darüber einen schmal geschnittenen Mantel aus irgendeinem edlen weichen Material. Lisa war zwar auf diesen Anblick vorbereitet, denn sie hatte Martinas Internetseite besucht. Doch als sie auf sie zuging und Martina sie erkannte und anlächelte, war sie erschlagen von deren Ausstrahlung und Präsenz. Sie umarmten einander und Lisa sagte:»Entschuldige, ich musste schnell zur Toilette.«»Alles gut, Lisa«, sagte Martina,»ich bin die, die zu spät ist. Kommando Hartmut Mehdorn hat wieder zugeschlagen. Schön dich zu sehen, danke fürs Abholen.« Lisa kicherte und übernahm die Führung.»Ich stehe auf dem hinteren Parkplatz. Möchtest du noch irgendwas hier in der Stadt, oder können wir gleich rausfahren?«»Nein, danke dir, ich hab alles, was ich brauche, wir können gleich zum Hotel, ich freu mich auf den herbstlichen Taunus!«

Sie verließen den Frankfurter Hauptbahnhof durch den Seiteneingang, fanden Lisas Wagen und fuhren los. Inzwischen war es nach zwölf an diesem strahlend schönen Samstag Ende Oktober, der Verkehr war erträglich und sie genossen die Fahrt durch die lichten bunten Laubwälder des Taunus.»Die Farben sind dieses Jahr besonders schön«, sagte Lisa,»warst du eigentlich irgendwann noch mal hier in der ganzen Zeit?«»Nein«, antwortete Martina,»ich bin noch im Sommer nach der Schule nach Hamburg gezogen, und irgendwie hatte ich hier nichts mehr zu suchen. Das letzte Mal, dass ich in Frankfurt war, war zur Beerdigung meines Vaters. Und das ist auch schon fast 20 Jahre her.«»Und deine Mutter? Die lebt doch noch?«»Nein, sie ist vor drei Jahren gestorben. Vielleicht erinnerst du dich daran, dass sie Hamburgerin war? Jedenfalls ist sie, nachdem mein Vater tot war, sehr schnell umgezogen. Für sie war Frankfurt ein Zustand, den sie ausgehalten hat, aber nie eine Heimat. 1990 hat sie dann das Haus ihrer Eltern geerbt, da ist sie noch mal richtig aufgeblüht. Hat gegärtnert wie wild, es ging ihr richtig gut.«»Ja sag mal, dann ist sie aber jung gestorben.«»Stimmt, mit grade mal 66. Autounfall. Sie war nicht Schuld.«»Mein Gott, das tut mir leid, das ist ja furchtbar. Hier muss man auch sehr aufpassen. Besonders am Wochenende. Die jungen Kerle rasen wie die Henker«, sagte Lisa. Martina zog eine kleine Flasche Mineralwasser aus ihrer großen Tasche und trank sie zur Hälfte aus.»Nicht nur die Jungen«, sagte sie,»der Typ in dem anderen Wagen war in ihrem Alter. Geschäftsmann aus Pinneberg. Allradantrieb, Bullengitter, Riesenjeep. Da bleibt von so einem armen Twingo nicht viel übrig. – Lass uns von was anderem reden, ja?« Lisa schniefte.»Also ich fühl mich grade ganz komisch. Weißt du, wir fahren diesen hier eigentlich nur wegen der Sicherheit. Bernd bestand darauf, und dann haben wir ja auch den großen Hund …«, sie schwieg.»Alles gut Lisa, ich mach dir keinen Vorwurf wegen eures Truppentransporters hier. Erzähl du doch mal, wie geht's Bernd? Was machen eure Kinder?« Lisa kaute offensichtlich noch an der Truppentransporterbemerkung, entschied sich dann aber, das Thema Fahrzeugwahl fallen zu lassen.»Bernd geht's wieder gut, er joggt jetzt regelmäßig und hat seine Ernährung umgestellt. Nachdem er 1992 die Leitung des Hotels übernommen hatte, hat der nur noch geackert und vor zwei Jahren war er am Ende. Er bekam Diabetes. Wenn er so weitergemacht hätte, wär's wirklich gefährlich geworden. Gott sei Dank hat er die Kurve gekriegt. Er hat gelernt, besser zu delegieren und auf sich zu achten. Er nutzt sogar unseren Wellnessbereich jetzt regelmäßig. Martina, warte, bis du den siehst! Es ist sowieso ein schönes Hotel, aber der Wellnessbereich ist das Sahnehäubchen. Du machst wohl viel Sport, so wie du aussiehst?« Martina lächelte. »Als ich nach Hamburg ging, habe ich mit Aikido angefangen. Das habe ich 20 Jahre lang ziemlich ernsthaft betrieben, seit ein paar Jahren beschäftige ich mich aber mit Tai-Chi. Das kann ich auch noch machen, wenn ich stein-alt werde. Macht Spaß und entlastet die Nerven.« »Toll«, sagte Lisa. »Millionen alter Chinesen können nicht irren, was? Ich hab das im Fernsehen gesehen, sieht ja beeindruckend aus. Massenhaft Leute in Parks, die sich ganz langsam bewegen. Ich mach Nordic Walking und schwimme regelmäßig.« Sie passierten die Ortseinfahrt von Königstein. »Wir sind gleich da. Ach ja, die Kinder … Lena studiert in Freiburg, sie lebt mit ihrem Freund zusammen. Ich versuche mich an ihn zu gewöhnen, aber das ist eine andere Geschichte. Sebastian hat gerade sein Abi gemacht und ist im Moment bei Freunden in Frankreich. Er lebt aber noch bei uns. Was er machen will, ist mir noch nicht so ganz klar. Jedenfalls wird er hier studieren. So, wir sind da.« Sie fuhr auf den Hotelparkplatz und sie stiegen aus. »Ich freu mich so, dich zu sehen! Wir haben ja noch ganz viel Zeit zum Reden. Wir checken dich erst mal ein.«

Das Hotel war groß und offenbar erst kürzlich modernisiert worden. Ein 80er-Jahre-Bau. Die Halle war weitläufig. Im vorderen Teil befand sich, als offener Raum gestaltet, eine Art überdimensionales Wohnzimmer. In der seitlichen, mit großen Natursteinen verkleideten Wand, befand sich ein echter Kamin, in dem Feuer brannte. Zu dessen beiden Seiten in eingelassenen Nischen war eine beachtliche Menge Feuerholz, sortiert in dickere und dünnere Scheite gestapelt. Der Boden der Halle bestand in diesem Teil aus großen Terrakottafliesen, die von einem dicken mehrfarbigen Teppich bedeckt waren. Vor dem Kamin stand ein vier Meter langes Riesensofa, davor ein großer massiver niedriger Holztisch, auf dem einige Kunstbücher und Zeitschriften lagen. Hinter diesem Zentrum des Raumes waren acht Sitzgruppen angeordnet, jeweils bestehend aus einem knuffigen zweisitzigen Sofa mit hohem Rücken, zwei großen Sesseln und in der Mitte den kleineren Geschwistern des Riesentisches vor dem Kamin. Die Sofas und Sessel waren in zwei verschiedenen Grautönen und Rostrot gehalten und sahen bequem und einladend aus. Nachdem sie diesen Teil der Halle passiert hatten, standen sie vor der edel aussehenden Rezeption, an der zwei Damen arbeiteten. Als Lisa und Martina auf sie zugingen, erschien eine dritte Dame aus den dahinterliegenden Büroräumen und begrüßte die beiden mit einem strahlenden Lächeln. »Frau Caspari«, sagte sie, dann blickte sie zu Martina. »Das ist also die erste Dame, die zu ihrem Klassentreffen anreist, willkommen in unserem Haus!« Martina wurde eingecheckt und Lisa begleitete sie zu ihrem Zimmer. »Bernd hat uns unschlagbare Preise gemacht, findest du nicht?« Sie öffnete die Tür. »Ich hoffe, du fühlst dich hier wohl. Das ist eines unserer Comfortzimmer. So!« Martina stand für einen Moment still und breitete die Arme aus. »Sehr schön Lisa, danke, ich freu mich. Das sieht wirklich toll aus. Ich werde mich jetzt ein bisschen ausruhen und mich später im Haus umsehen. Wann geht's offiziell los?« »Um 17.00 Uhr«, sagte Lisa, »ich habe Bistro und Wintergarten für uns reserviert. Später zum Essen können wir auch ins Restaurant umziehen. Das Haus ist dieses Wochenende ziemlich leer. Keine Messe in Frankfurt. Deshalb haben wir den

Termin so gelegt. Wollen wir uns um 16.30 Uhr im Wintergarten treffen? Ich möchte dir noch was zeigen – eine kleine Überraschung!«Lisa war ein bisschen kurzatmig und zappelte beim Reden herum. Martina sah sie an. »Du bist ganz schön aufgeregt, was? Ich bin sicher, du hast alles wunderbar organisiert. Stress dich bloß nicht. Meine Liebe, wir sehen uns um halb fünf.«»Genau! Also bis nachher.« Lisa verließ das Zimmer und zog die Tür zu.

Martina ging durch den Raum, öffnete die Balkontür und trat hinaus. Sie stellte fest, dass sie sich auf einer umlaufenden Terrasse befand, die jeweils zu den Nachbarzimmern mit einer halbhohen Begrenzung versehen war. Das Zimmer befand sich auf der Rückseite des Baus. Der Blick war großartig. Sie sah auf einen Teich, umstanden von Bambus und Schilf, der offenbar Fische enthielt. Große Goldfische, die sie unter der klaren Wasseroberfläche sehen konnte. Zwei ausgewachsene schwarze Katzen mit weißen Blessen, eine mit weißen Pfoten, hatten die Fische auch im Blick. Sie saßen nahe am Teichrand. Eine ließ den Kopf über die Wasseroberfläche hängen und starrte hinein. Martina ging nach drinnen und holte ihre Tasche, um eine der acht Zigaretten zu rauchen, die sie sich täglich erlaubte. Sie stellte sich an die Terrassenbrüstung, rauchte und sah hinüber in den Wald, der direkt an das Grundstück angrenzte. Einen Zaun sah sie nicht, nur die lange dichte Hecke, die den Hotelgarten zum Wald hin abschloss. Offenbar gab es aber doch einen, denn fast gegenüber ihres Standortes war eine Tür zu sehen, die die Hecke unterbrach. Ein Weg aus Natursteinplatten führte zu der Tür. Ein schöner Service für die Gäste, dachte sie. Die konnten von der an der Kopfseite gelegenen Restaurantterrasse gleich zu einem kleinen Waldspaziergang aufbrechen. Sie nahm sich vor, Lisa nach einem Schlüssel für die Tür zu fragen. Vermutlich gab es einen, völlig ungesichert würde der Zugang nicht sein. Sie rauchte zu Ende und ging zurück ins Zimmer, um auszupacken. Der dicke, sehr sauber wirkende graue Teppich, mit dem der gesamte Raum ausgekleidet war, hatte ein Muster aus vereinzelten kleinen rostroten Quadraten. – Geschmackvoll, dachte sie. Passt gut zum Bettüberwurf und den Vorhängen. Das Bett war riesig, drei große Kopfkissen lagen darauf. Flachbildschirm-TV, Computeranschluss, gut bestückte Minibar und zwei Sessel mit Tisch rundeten das Bild ab. Sie öffnete ihren kleinen Koffer und ging mit dem, was sie dort unterbringen wollte, ins Bad. Der Raum war modern und schön gestaltet. Große Badewanne und separate verglaste Dusche, ein rechteckiges Waschbecken, viel Ablagefläche und eine angenehme Beleuchtung. Sie packte aus, was sie brauchte, und ließ sich ein Bad ein. Als sie im warmen Wasser lag, freute sie sich. Darüber, dass sie sich entschlossen hatte zu kommen, über das angenehme Hotel und die Aussicht auf den Abend. Dreißig Stunden würde sie hier verbringen. Morgen gegen 16.00 Uhr würde Lisa sie wieder nach Frankfurt bringen und gegen 22.00 Uhr würde sie wieder in Hamburg sein. Für Montag hatte sie nur mit zwei Klienten Termine gemacht, keinen vor 16.00 Uhr. So blieb genug Freiraum, um aus Frankfurt und von dieser Zeitreise zurückzukehren. Eine der 30 Stunden würde sie jetzt verschlafen. Martina stieg aus der Badewanne, trocknete sich ab und legte sich ins Bett. Sie stellte den Wecker ihres Mobiltelefons auf 60 Minuten, drehte sich zufrieden auf die Seite und schlief ein.

II

ICE fahren war doch gar nicht so übel. Hardy M. Kunz lehnte sich in seinem 1.-Klasse-Sitz zurück und schaute sich die vorbeirasende Landschaft an. Er hatte fürchterlich am Verlust seines Führerscheins zu beißen, den sie ihm 500 Meter von seiner Wohnung entfernt vor drei Wochen abgenommen hatten. 500 Meter. Unglaublich. Zugegeben, er war voll gewesen wie ein Eimer, und wenn er ehrlich war, musste er zugeben, dass er bisher auf seinen »Trunkenheitsfahrten«, so nannten Bullen und Staatsanwaltschaft das, unverschämtes Glück gehabt hatte. Im Prinzip fuhr er seit fast vier Jahren angesäuselt bis solide besoffen durchs nächtliche Köln. Nie war etwas Ernstes passiert, und vor allem war er nie zuvor in eine Polizeikontrolle geraten. Vor drei Wochen aber war dann alles dran gewesen. Die unentrinnbare Mausefalle war zugeschnappt und er musste sogar warten, bis drei andere Fahrzeuge vor ihm kontrolliert und abgefertigt waren. Er war aus dem Auto ausgestiegen und über seine eigenen Füße gefallen, so dass er sich gerade noch am Dach abstützen konnte, um nicht lang hinzuschlagen. Sofort waren zwei Beamte dagewesen, die ihm barsch befahlen, sich sofort wieder in sein Fahrzeug zu setzen, und einer von ihnen hatte sich über ihn gebeugt und den Autoschlüssel verlangt. Als er an der Reihe war, hatten sie in seinem Ausweis den Künstlernamen entdeckt. »So, so, Herr Kunz«, hatte der Beamte gesagt. »Sie sind doch Moderator beim Fernsehen, und da machen sie so was?« Hardy versuchte nicht mal irgendetwas zu beschönigen, denn der Alkoholtest ergab bereits 1,8 Promille. Er konnte sich auf eine lange autofreie Zeit einstellen, so viel stand fest. Das

Fahren seines geliebten BMWs fehlte ihm, aber heute musste er zugeben, dass die Zugfahrt ein paar Vorteile hatte. – Die Fahrtzeit zwischen Köln und Frankfurt war unschlagbar kurz und vier Mitreisende, drei davon Frauen, hatten ihn bereits um Autogramme gebeten und ausgesprochen freundliche Dinge zu ihm gesagt. Er war in den Speisewagen gegangen, wo er eine Kleinigkeit gegessen und Kaffee getrunken hatte, und nun war die Fahrt schon fast zu Ende. Das letzte Mal war er fünf Monate zuvor in Frankfurt gewesen. Auch zu einem Klassentreffen. Er hatte zwei verschiedene weiterführende Schulen besucht, also zwei Chancen auf Klassentreffen. Das vor fünf Monaten war ein voller Erfolg gewesen.

In seiner Schülerzeit, als er noch der pummelige Hans-Dieter Kunz gewesen war, abwechselnd Hadi oder Kunni genannt, hatte er wirklich nicht viel zu lachen gehabt.

Seine Chancen bei den Mädchen existierten schlicht nicht. Die Klassenschönheiten in der ersten Schule, die er bis zum 16. Lebensjahr besucht hatte, sahen einfach durch ihn hindurch. Barbara und Rebecca. Er versuchte gelegentlich, ihre Aufmerksamkeit durch kleine Witze zu erregen, aber entweder warteten sie nicht mal die Pointe ab und ließen ihn stehen oder sie lächelten flüchtig und unterhielten sich einfach weiter. Er hatte ein paar Mal auf Klassenpartys oder Schulfesten versucht, sich an die Mauerblümchen heranzupirschen, aber selbst das ging schief. Sie waren eher noch abweisender und unfreundlicher als die hübschen Mädchen. So, als würde ihre eigene mangelnde Attraktivität durch sein Erscheinen schlagartig potenziert, versuchten sie ihn eilig abzuwimmeln. Auf der neuen Schule wurde es nicht besser. Mit den Jungs aus der Klasse kam er einigermaßen konfliktfrei zurecht, aber auch unter ihnen war keiner, den er wirklich für sich begeistern konnte. Freund- und mädchenlos durchlief er die Schule bis zum Abitur.

Hardy war Realist. Wenn er zu Hause in seinem Zimmer nach der Schule die geliebten Slade-Platten auflegte und die Kopfhörer aufsetzte, die ihm seine ebenso realistische Mutter geschenkt hatte –»Mach die Musik endlich leise« ist ein Befehl, der an 17-jährige gerichtet ungehört verhallen muss –, wusste er, dass jede Träumerei, die sich auf die Gegenwart oder nahe Zukunft richtete, fruchtlos war. Hardy hob den

Blick und sah in seine fernere Zukunft.– So etwas wie Slade musste er machen. Die berühmten Typen sahen auch nicht alle super aus. Wer es schaffte, zum Beispiel beim Fernsehen Karriere zu machen, konnte als Mann aussehen wie eine Kartoffel, trotzdem winkte jede Menge Geld und die Frauen kamen wie von selbst. Dass er kein Musiker werden würde, war sowieso klar. Er hatte zwar eine Gitarre, aber überhaupt keinen Spaß daran, darauf zu spielen. Das war einfach nicht sein Ding. Fernsehen. Das war sein Ziel. Wenn eine unerträgliche Vertretertype wie Dieter-Thomas Heck berühmt werden konnte, dann bestand auch für einen Hans-Dieter Kunz Hoffnung. Noch vor dem Abitur gelang es ihm, ein Praktikum beim Hessischen Rundfunk zu ergattern, das er nach den bestandenen Prüfungen antrat. Und dann zog er um nach Köln, wo er als Produktionsfahrer beim Fernsehen begann und sich zäh durch den Klüngel kämpfte, während er sein Germanistikstudium absolvierte. Dabeisein war alles. Er achtete darauf, dass er im Strom der Entwicklungen mitschwamm und nicht auf irgendein Abstellgleis gespült wurde.

Durch seine Zähigkeit und beharrlichen Bemühungen gelang es ihm, voran zukommen, und als die Ära des Privatfernsehens begann, schlug auch seine Stunde. Pummelig war er nicht mehr, aber er hatte mit 30 noch immer ein Jungengesicht. Nachdem er eine Zeit lang als Anheizer, später als Caster, bei einer Nachmittagstalkshow gearbeitet hatte und ein neuer Moderator gesucht wurde, bekam er endlich seine Chance. – Inzwischen moderierte er eine Quizshow am Vorabend und zusätzlich eine Ratgebersendung. Er war bekannt und populär. – Keiner der ganz großen Stars, aber er hatte seinen Platz gefunden.

Mit der Popularität kamen das Geld und die Frauen. Mit dem Geld ging er äußerst klug und vorsichtig um, denn er wusste, im Gegensatz zu vielen anderen, dass das ein kurzlebiges Geschäft war. Während Kollegen die Kohle mit beiden Händen zum Fenster hinauswarfen und sich den Rest von dubiosen Anlageberatern abluchsen ließen, investierte er umsichtig und konservativ und lebte vergleichsweise sparsam. Jetzt, Mitte 40, war er finanziell bereits relativ unabhängig.

Hardys Verhältnis zu den Frauen überraschte ihn selbst am meisten. Als er endlich beste Chancen bei den Damen hatte, stellte er fest, dass er überhaupt keine Lust auf feste Beziehungen hatte. Von Familiengründung ganz zu schweigen. Er lebte gut und gerne allein und bevorzugte lockere Affären, gerne auch mit verheirateten Frauen. Die jungen hübschen Mädels, die bei den meisten seiner Kollegen hoch im Kurs standen, interessierten ihn nicht. Die waren ihm zu anstrengend und zu anspruchsvoll. Spätestens seit Mitte der 90er hatten viele dieser jungen Damen nur noch wirre Pläne, in denen rote Teppiche, Fotos in Gala und Bunte und Fincas auf Mallorca vorkamen. Hardy hatte den Preis für seinen

Erfolg bezahlt. Er hatte vieles eingesteckt, was schwer zu verkraften gewesen war. Besonders seine kurze Zeit bei den Nachmittagstalkshows, wo er als Caster der Studiogäste gearbeitet hatte, verursachte ihm heute Übelkeit. Heerscharen von joggingbehosten Idioten mit schlechten Zähnen, die in diesen Talkshows ihr erbärmliches Privatleben verhandeln wollten, hatte er sortiert. Gruselige blechstimmige Frauen mit schlecht gefärbten Haaren und entsetzlichen Ansichten waren durch sein Büro gezogen. Er hatte all das überlebt, war jetzt ein seriöser Moderator, und das Letzte, was er brauchte, war ein junges Huhn, das ihn als Sprungbrett in die Welt der begehbaren Kleiderschränke benutzte.

Hardy sah durchs Fenster den Messeturm und die Frankfurter Skyline. Gleich war er da. Der ICE lief ein und Hardy machte sich bestens gelaunt zum Taxistand auf. Die Fahrt würde teuer werden, aber das ließ sich nun mal nicht vermeiden. Er suchte sich einen freundlich aussehenden Taxifahrer aus, der beglückt über die gute Tour war, und sank zufrieden in den Rücksitz.

Die Sache mit dem Führerscheinverlust unter Alkoholeinfluss hätte ihm medial durchaus gefährlich werden können, das war Hardy schon in dieser Nacht in seinen besoffenen Kopf gesichert. Also hatte er den Stier bei den Hörnern gepackt und am nächsten Morgen gleich selbst beim Kölner Express angerufen. Mit zwei Journalisten dieses Blattes war er gut bekannt, und einer davon lag ihm. – Und was noch besser war, dieser Mann mochte ihn. Also erzählte Hardy ihm zerknirscht von den Geschehnissen der Höllennacht und man traf sich zum Frühstück. Praktischerweise war Hardys Mutter erst kürzlich verschieden, und so bauten sie eine herzzerreißende Geschichte vom untröstlichen Sohn, der den Tod der über Alles geliebten Mutter in dieser Schicksalsnacht nur trinkend verwinden konnte. Hardy erfand noch schnell einen Jahrestag, nämlich den nach der Führerscheinverlustnacht, an dem er und seine Mutter traditionell den Frankfurter Zoo besucht hätten, wäre sie nicht gestorben. Die Erinnerung an die kindliche Freude der dementen Frau Mama bei der Robbenfütterung hatte dem beliebten Moderator derart das Herz zerrissen, dass nur noch der ganz tiefe Blick ins Glas Trost bot.

Der Artikel kam ausgesprochen gut an und nahm auch der Bildzeitung den Wind aus den Segeln. Die machte stattdessen groß mit einem Fußballstar auf, der seine Ehefrau erneut öffentlich betrogen hatte, was die havarierte Ehe endgültig zum Kentern brachte. Das breite Publikum verzieh dem reuigen Hardy gern, und die Tatsache, dass er seine Mutter äußerst spärlich besucht hatte, gelangte nicht ans Licht der Öffentlichkeit.

Er saß fröhlich im Taxi, ließ sich durch den schönen Taunus fahren und genoss die Aussicht auf den kommenden Abend beim Klassentreffen. Während andere Promimänner seines Alters sich mit ihren jungen Tanten durch die Discos quälten, legte er bei Klassentreffen planmäßig die Mädels flach, die ihn früher nicht mal mit dem Arsch angeguckt hatten. Sofern sie ihm noch reizvoll erschienen. Barbara und Rebecca, die beiden Klassenschönheiten aus der ersten Schule zum Beispiel. Mit der geschiedenen Barbara hatte er eine ausgesprochen befriedigende wilde Nacht im Hotelbett verbracht. Und Rebecca, die, aus vermutlich biographischen Gründen, ungut verblüht war, lud er tückisch für den nächsten Tag zum Kaffe ein, um sich ihres Interesses zu versichern und sie dann genüsslich abblitzen zu lassen. Das Leben war schön, alles war gut, außer seinen Leberwerten, der Abend konnte kommen. Oder, um es mit Slade zu sagen:

cum on feel the noize
girls rock your boys
we'll get wild wild wild.

III

Klarissa lag im Behandlungsstuhl ihrer Kosmetikerin. Sie war nach der wunderbaren Gesichtsmassage eingeschlafen und wurde gerade sanft geweckt. Eine junge Angestellte sprach sie leise an und reichte ihr, als sie sich aufrichtete, eine Tasse Kräutertee. »Stellen Sie sie einfach hin«, sagte Klarissa, ihr war jetzt nicht mehr nach Tee, sie musste langsam zu sich kommen und nahm sich vor, im Geschäft einen doppelten Espresso zu trinken. Schminken und umziehen konnte sie sich auch im Laden, und dann wurde es auch bald Zeit, zum Klassentreffen zu fahren. Schon als sie das Kosmetikinstitut verließ, war das unangenehme Gefühl, von dem die Massage sie für eine goldenen halbe Stunde befreit hatte, wieder da. Dieses unangenehme Gefühl, das ihr seit frühster Jugend das Leben vergällte und schwer machte. Sie war sauer. Stinksauer. Genaugenommen kochte sie vor Wut. Dieses Gefühl war natürlich nicht ständig da, aber es lauerte unterschwellig. Bereit aufzulodern, sobald es Nahrung fand. Sie hatte Angst vor diesem Gefühl und traute sich nicht, sich ihm entgegenzustellen, es ernsthaft zu bekämpfen. Wer wusste schon, was dann mit ihr geschähe? Sie hatte gelernt, damit umzugehen. Wie eine Dompteuse mit einem gefährlichen Raubtier. Die meiste Zeit klappte das, nur gelegentlich verlor sie die Kontrolle. Dann kam es zu entgrenzten Ausbrüchen dieser Wut. Ihr Mann und ihre Angestellten hielten sie für jähzornig. Die konnten nicht wissen, dass die Wut zu fast allen Zeiten ihn ihr köchelte. Sie stieg ins Auto und riss sich zusammen. Die Teilnahme am Straßenverkehr verlangte ihr äußerste Beherrschung ab. Die Fahrt verlief gut, sie ordnete sich links ein, um in die Straße, in der sich ihr exklusives Modegeschäft befand, abzubiegen. Vor ihr wartete ein Mann im blauen Golf darauf, dasselbe zu tun. Sie kannte die Ecke gut und wusste, dass gleich der grüne Pfeil aufleuchten würde. Das letzte Auto passierte die Ampel, sie legte den Fuß aufs Gas, aber der Arsch in seinem Golf fuhr einfach nicht an. Penner! Blitzschnell, als gehöre ihre Hand jemand anderen, knallte ihr rechter Handballen auf die Hupe, schlimmer noch, er blieb da. Sie stemmte ihren Fuß auf die Kupplung und hupte wie besessen. Inzwischen war der grüne Pfeil erschienen, doch noch immer bewegte der Golf sich nicht. Hinter ihr begann ein weiterer Autofahrer zu hupen, als die Fahrertür des Golfs sich öffnete, ein großer junger Mann um die Dreißig ausstieg und langsam auf die Fahrertür ihres Autos zu kam. »Oh nein, das darf doch nicht wahr sein!«, schrie Klarissa. »Nicht noch mal!« Es gelang ihr endlich, die Hand von der Hupe zu nehmen und hastig die Zentralverriegelung zu betätigen, so dass der Mann die Tür nicht öffnen konnte. Wie sie es geübt hatte, legte sie die Arme aufs Lenkrad und versenkte ihr Gesicht darin. Sie wusste, dass, hätte sie Blickkontakt mit dem Mann, sie völlig die Kontrolle verlieren würde. Insgesamt vier Mal hatte sie andere

Verkehrsteilnehmer wüst beleidigt und sogar angegriffen, dass es natürlich zu Anzeigen kam. Das letzte Mal vor zwei Jahren. Da war es eine Frau gewesen und Klarissa hatte sie beschimpft, geohrfeigt und zu allem auch noch in den Oberarm gebissen. Im Gegensatz zu den ersten drei Fällen war es ihrem Mann, dem Anwalt Claudius Fürstenberg, nicht gelungen, die Sache außergerichtlich zu regeln. Die Dame blieb stahlhart bei ihrer Anzeige. Eine Studienrätin, die auch durch ein großzügiges finanzielles Angebot nicht zu erweichen war. Klarissa war wegen Körperverletzung und Beleidigung verurteilt worden. Als »Ersttäterin« zu einer hohen Geldstrafe, zudem wurde sie mit einem mehrmonatigen Fahrverbot belegt. Claudius Fürstenberg war es mit einem psychiatrische Gutachten gelungen, das Gericht davon zu überzeugen, dass es sich um einen einmaligen Vorfall gehandelt hatte, der einem vorausgegangenen Nervenzusammenbruch zuzurechnen gewesen sei. Als Klarissa auf dem Heimweg im Auto nicht aufhören konnte, sich über den Idioten von Richter zu ereifern, hatte Claudius den Wagen rechts rangefahren, den Motor abgestellt und sich ihr zugewandt. »Noch ein einziges Mal, Klarissa, ein einziges Mal so ein Vorfall, und ich werde dich in die Psychiatrie einweisen lassen und über den Fortbestand unserer Ehe nachdenken müssen. Hast du mich verstanden?« Ihre Wut schwieg schlagartig, sie starrte in die kalten Augen ihres Ehemannes und begriff, dass sie an der Grenze angelangt war. Unwiderruflich an der äußersten Grenze. Das Blut sackte ihr in die Beine, ihr war kalt. »Ob du mich verstanden hast, Klarissa, habe ich gefragt.« Sie starrte weiter, ihre Kehle war völlig trocken, ein toter Schlauch, sie fasste sich an den Hals und hustete schwach. »Ja Claudius«, gelang es ihr zu flüstern.

»Sehr gut«, erwiderte er, startete das Auto und setzte sie vor der Fürstenberg'schen Stadtvilla ab, um in seine Kanzlei weiterzufahren. Er sprach einige Tage nicht mit ihr, legte aber eine Notiz auf den Wohnzimmertisch, die besagte, dass sie einen Termin bei einem fähigen Psychotherapeuten habe. »Ich verlange, dass du den einhältst«, stand unterstrichen darunter.

Klarissa fügte sich und suchte den Therapeuten auf. Die Sitzungen blieben fruchtlos, weil sie lediglich damit beschäftigt war, hakenschlagend Unklarheit zu verbreiten. Die fehlende Empathie, die bei diesen Zusammenkünften herrschte, sorgte zusätzlich dafür, dass das Ganze eine Unsinnsunternehmung blieb. Der Therapeut hatte sich schon zu Beginn wenig Aussicht auf Erfolg ausgerechnet, da ihm schnell klar wurde, dass Klarissa nicht aus freien Stücken seine Hilfe suchte. – Die Sache verlief im Sande und Klarissa trainierte so gut sie konnte, die Ausbrüche ihrer Wut innerhalb der gesetzlichen Grenzen zu halten. Sie ging zu ihrem Hausarzt und ließ sich ein stimmungsaufhellendes Medikament verschreiben und bat zudem um ein Beruhigungsmittel, was ihr auch sofort verordnet wurde.

Und nun saß sie zitternd vor Wut und Angst im Wagen, das Gesicht in die Arme vergraben und schrie in sich hinein. – Der soll endlich weggehen! Lange würde sie das nicht mehr aushalten. Dann gab es einen unglaublich lauten Knall. Sie fuhr auf und sah den Mann zu seinem Auto gehen und einsteigen, ohne zurückzuschauen. – Er hatte mit der Faust einen einzigen mächtigen Schlag auf das Autodach getan. Direkt über ihrem Kopf. Kein Problem, kein Problem, sagte sie sich. Etwas hat das Autodach beschädigt, keine Ahnung was, Claudius … Sie fasste sich und bog ab. Fuhr langsam, suchte einen Parkplatz. Parkte unfassbar ungeschickt, ärgerte sich, fuhr aus der Lücke und parkte erneut. Ja. So ging es. Das konnte so bleiben.

Sie griff nach der Handtasche, zog den Zündschlüssel ab und stieg aus dem Wagen. Vorsicht! Vorsicht, Klarissa! Langsam. Da kommen Autos! Sie überquerte die Straße und ging zum Eingang ihres Geschäfts. Sie schaute noch einmal zurück zum Wagen. Gut gegangen. Sie straffte sich und betrat mit schnellen Schritten ihr Reich.

»Katja! Espresso! Doppelt!«, rief sie ihrer Angestellten zu, die ihr entgegen kam. »Umsatz?«»3200,–, Chefin«, antwortete Katja leise. Klarissa ging auf die beiden im Laden befindlichen Kundinnen zu. Eine war in männlicher Begleitung. Der Herr saß auf einem schwarzen Zweisitzer und begutachtete das Mantelkleid, das seine Freundin – oder Ehefrau? Klarissa tippte auf Freundin – anprobierte. »Guten Tag«, sagte Klarissa und nahm die Kundin in näheren Augenschein. »Nicht schlecht«, sagte sie, »ich bin nur nicht sicher, ob das wirklich Ihre Farbe ist! Isa?« Die zweite Angestellte bediente diese Kundin, »holen Sie doch bitte die beiden Kleider, die wir gestern bekommen haben. Beide in 40.« Die Verkäuferin lief los, um das Verlangte zu holen. »Danke Isa.« Klarissa nahm die beiden Kleider und hielt das erste hoch. Die Kundin schaute zweifelnd.»Ich weiß«, sagte Klarissa, »auf dem Bügel sehen die Sachen dieses Designers merkwürdig aus. Vertrauen Sie mir, ziehen Sie es an.« An den Herrn gewandt fragte sie »möchten Sie vielleicht noch etwas trinken?« Eine leere Kaffeetasse stand auf dem Beistelltischchen. »Nein danke«, sagte der Mann, »ein Kaffee reicht völlig.« Die Kundin erschien in dem Kleid und der Mann setzte sich auf und legte die Ellbogen auf die Oberschenkel. »Wow«, sagte er, »dreh dich Schatz, dreh dich mal.« Die Kundin strahlte. »Also das ist ja ein Hammerkleid, schau doch, also das hätte ich wirklich nicht gedacht! Das hätte ich von mir aus niemals ausprobiert.« Sie stand vor dem Spiegel, drehte sich und fuhr mit den Händen seitlich von der Brust bis zur Hüfte über ihren Körper. »Perfekt, Schatz, oder?« »Ja, du siehst super aus, sexy!« »Schon gewagt oder?« »Sie haben recht«, sagte Klarissa, »das ist Ihr Kleid. Sexy schon, aber vollständig angezogen, man sieht nichts. Nichts, außer einer schönen Frau.« Isa, die Verkäuferin, pflichtete bei. »Sie sehen wirklich toll aus!« Die Kundin, eine Enddreißigerin mit hübschem Gesicht, guter fraulicher Figur und rotblondem Pagenkopf war selig. Das Kleid stand ihr phantastisch. Es war schwarz und schmiegte sich von der hohen Taille bis zum knielangen Saum wie ein perfektes Futteral um ihren Körper. Der Stoff war dick genug, um keine Einzelheiten abzuzeichnen, so dass nur Glätte und perfekte Form zu sehen war. Das obere Teil bestand aus einem anderen, ebenfalls schwarzen chinzartigen Stoff und war in den Ärmeln locker geschnitten wie eine Hemdbluse. Über der Brust saß es straff, so als habe die Trägerin eine Bluse fest unter den Rocksaum geschoben, so dass man die Brüste deutlich sehen konnte. Ein kleiner Kragen rundete das Bild ab. Ein unverschämt diskretes Kleid. »Das nehmen wir«, sagte der Mann, »und den Mantel, den ich zuerst ausgesucht habe, auch«, sagte die Kundin. »Sehr schön«, sagte Klarissa, »viel Freude damit!« Isa bediente die Kundin zu Ende, der Mann zahlte und das Paar verließ dankend und zufrieden den Laden. Da war es. Ihr Talent. Klarissa war eine ausgesprochene Begabung was Mode, Formen und Farben betraf. Und sie sah Kleider, Schuhe oder Möbel und andere Gebrauchsgegenstände immer in Verbindung mit der Person, die sie trug oder benutze. Sie hatte einen völlig stilsicheren Blick und einen großartigen Sinn fürs Klassische in all seinen modischen Varianten. Bestimmte Designer hielt sie für durchgedrehte Frauenverächter, die absurde Kleidung schneiderten, die sich noch dazu nach dem zweiten Tragen begann aufzulösen. Schlechte Materialien, schlampige Verarbeitung zusammengebretzelt zu überteuerten Stücken, in denen keine Frau wirklich gut aussah. Diese Art von Klamotten landeten spätestens nach dem dritten Tragen in exklusiven Second-Hand-Läden, wo sie von geschmacksverirrten Modejunkies mit schmalerem Portmonee gekauft wurden. Diese Art von Kreationen führte Klarissa nicht. Sie achtete auf Qualität und handwerkliche Hochwertigkeit. Das machte ihren Erfolg als Ladenbesitzerin aus. Natürlich hatte ihr mehr als vermögender Mann ihr die erforderlichen Mittel zur Geschäftseröffnung zur Verfügung gestellt und auch genügend Geld für die unverzichtbaren Werbemaßnahmen sowie ein ausreichendes Polster für die erste Zeit. Klarissas Konzept überzeugte von Anfang an. Kaum eröffnet, wurde der Laden ein Erfolg, und dabei war es geblieben. Sie war stolz auf ihre Leistung und liebte das Geschäft und die Einkaufsreisen zu Designern oder Messen. Regelmäßig reiste sie nach Mailand, Paris und sogar Japan. Sie war bereits gespannt auf die Einflüsse aus Indien, die in den nächsten Jahren stärker werden würden. Der Laden, die Beschäftigung mit Mode und den Menschen, die sie trugen, schenkten ihr etwas, was sie sonst in ihrem Leben nicht hatte. Die Fähigkeit zur Hingabe und sogar Momente von Selbstvergessenheit. In der Beschäftigung mit ihrem

Beruf, mit den Kleidern und Leuten fand sie Rhythmus und Halt. Versunken in diese Beschäftigung konnte sie sich selbst in Ruhe lassen und sich entspannen. Das war die Zeit, in der das gefährliche Raubtier, das sie im Griff behalten musste, schlafen ging. Ohne den Laden, davon war sie überzeugt, säße sie schon längst in der Klapse oder im Gefängnis.

»Ihr Espresso, Chefin.« Klarissa nahm ihn und ging nach hinten in ihr Büro mit angrenzendem Badezimmer. Sie trank den Espresso aus, entkleidete sich im Bad und betrachtete sich im Spiegel. Nicht schlecht für 45. Sie hatte immer auf ihre Figur geachtet, sie hielt sich fit. Gewichtsschwankungen hatte sie nicht vermeiden können, aber richtig fett war sie nie geworden. Im Moment war sie mit ihrem Gewicht zufrieden. Noch war ihr Busen ganz in Ordnung, aber sie sah ihm an, dass er den Kampf gegen die Schwerkraft verlieren würde. Sie hatte erwogen eine Bruststraffung machen zu lassen, sich dann aber dagegen entschieden und es bei dem kleinen sehr gelungenen Facelifting belassen. Das hatte sie vor einem Jahr in einer sehr guten und natürlich auch sehr teuren Klinik in der Schweiz machen lassen. Sie trat näher an den Spiegel heran und fuhr mit den Fingern über ihre Kinnlinie. Wirklich, sehr gelungen! Die drohende Hamsterhaftigkeit war vorerst gebannt. Sie lächelte. Natürlich ging sie mit der Tatsache, sich dieser Schönheits-OP unterzogen zu haben, nicht gerade hausieren. Eine Dame lächelt und schweigt. Sie dachte an eine bekannte deutsche Schauspielerin über 50, die ihr erstaunlich konturiertes Aussehen öffentlich mit dem täglichen Konsum von drei Litern Wasser und Rotwein am Abend erklärte. Nur, wenn die täglichen drei Wasserflaschen auf dem Barocknachttischchen in einem der Zimmer dieses

Schweizer Institutes gestanden hätten, wäre diese Erklärung verständlich. Einen solchen Umgang mit dem Thema fand Klarissa hochgradig albern.

Sie duschte, frisierte ihr kinnlanges gewelltes blondes Haar, suchte Unterwäsche und Schuhe heraus und rief Isa vorne im Laden an. Sie ließ sich eben jenes Kleid bringen, das sie gerade der Kundin verkauft hatte. In 38. Das Kleid wurde gebracht und Klarissa zog es an. Sie sah wunderbar darin aus. Lässige Eleganz, weiblich, erwachsen, nicht overdressed, perfekt. Sie schminkte sich zufrieden, ging hinaus, gab ihren Angestellten noch ein paar Anweisungen und verließ das Geschäft. Sie fühlte sich jetzt wohl und etwas aufgeregt. Eine so lange Zeit. Martina würde kommen, Lisa hatte es gesagt, und dieser Hardy. Leonhard sicher. Koss? Ihn hatte sie vor ein paar Jahren einmal im Vorbeifahren am Eschenheimer Tor gesehen. Jedenfalls hatte sie geglaubt, dass er es war. Der Gedanke an Koss machte sie unruhig. Sie stieg in den Wagen und fuhr los. Er würde kommen oder auch nicht, was machte das schon.

IV

Koss saß vor seiner Werkstatt in einem bequemen großen Stuhl und rauchte. Die Füße auf einer kleinen Kiste gekreuzt, sah er sich das gerade fertiggestellte Stück zufrieden an. Es war ein kleiner zweitüriger Schrank, gleichzeitig aber auch ein wunderschönes Objekt. Es hatte die Form eines Herzens. Die Rückwand flach und die ihm zugewandte Vorderseite plastisch. Wenn man es frontal ansah, waren keine Beine zu sehen, die Spitze des Herzens berührte den Boden. Erst der seitlich gerichtete Blick konnte die Beine erspähen, auf denen das Schränkchen solide stand. Er hatte es auf den gepflasterten Boden in den Hof vor seine Werkstatt gestellt, nachdem er es ein letztes Mal poliert hatte. Das dunkle, schön gemaserte Nussholz schimmerte in der Herbstsonne. Das Schränkchen sah appetitlich prall, völlig harmonisch und glatt aus. Es war 90 cm hoch und an der breitesten Stelle 88 cm breit. Seine Freundin Nike trat von hinten an seinen Stuhl heran und legte die Hand auf sein linkes Schlüsselbein. »Oh Koss, der ist ja himmlisch! Unglaublich schön!«, sagte sie und lachte vor Freude. »Diese prallen runden Formen! Wie hast du das denn hingekriegt?« Koss nahm ihre Hand und zog sie auf diese Weise neben sich, um seine Hände um ihre Hüften zu legen. »Das frag ich mich bei deinen Formen auch immer, wie hast du das denn hingekriegt?« »Welcher Irre hat den denn bestellt?« »Herrin meines Herzens«, sagte er und sah weiter das Schränkchen an, »der Irre bin ich. Der ist für dich. Ich hab ihn für dich gemacht.« Er sah zu ihr hoch. Für einen Moment traten ihr die Tränen in die Augen. »Du bist ja wahnsinnig! Deshalb durfte ich die ganze Zeit nicht in die Werkstatt. Wie kannst du mir denn so was Schönes bauen?« »Mit Werkzeug, mein Herz, dein Süßer hat's eben drauf.« Er erhob sich schnell, nahm ihre Hand und zog sie zu dem Schränkchen. »Komm, ich zeig's dir, mach's auf!« Vorsichtig öffnete Nike die Türen und bewunderte das Innere. Das Holz glänzte seidig-matt, das Herz enthielt zwei Böden, nirgends konnte sie Schrauben oder Keile entdecken. »Wie toll«, sagte sie und umarmte ihn fest, den Blick immer noch auf ihr Geschenk gerichtet. Er vergrub sein Gesicht in ihren dichten hellbraunen Haaren.

»Und jetzt mach, dass du zu deinen Mädels kommst, den Mittagsschlaf können wir auch heute Nacht noch halten, Omi.«
Nike küsste ihn, ließ ihn dann los und sagte laut: »Danke, danke, danke! Am liebsten würde ich ihn mitnehmen, um ihn meiner Tochter zu zeigen.« »Mach doch«, sagte Koss, »dein Kombi ist doch groß genug, halt nur die Kleine davon fern, das Erste, was die macht, ist versuchen reinzukriechen und damit umzufallen.« Nike lachte. »Ich pass auf, hilfst du mir, ihn einzuladen?« Koss ging in die Werkstatt, holte zwei große Decken und Gummizüge und half Nike, das Herz sicher in ihrem Kombi zu verstauen. »Auch irgendwie komisch«, sagte sie. »Meine Tochter hat Geburtstag und ich krieg so ein Geschenk.« »Na ja«, sagte er und machte die Heckklappe zu, »der Trottel, von dem sie die Kleine hat, könnte ihr noch nicht mal einen Papierflieger bauen, der saubere Herr Webdesigner«, er lachte, »jedes Mädel sucht sich halt ihren Kerl aus.« »Hetz nicht, Koss, der Junge hat auch Qualitäten«, sagte Nike und grinste, »sie liebt ihn eben.« »Ach komm, Webdesigner und Werber, alles das gleiche Pack, Frankfurt ist doch voll von dem Gesocks«, kicherte er, »was bin ich froh, dass ich mich hier in Vogelsberg verstecken kann.« »Das sind Vorurteile, das weißt du ganz genau, mein Lieber.« Sie ging zum Haus, um Mantel, Tasche und das Geschenk für ihre Tochter zu holen. Koss legte einen angedeuteten Stepptanz aufs Pflaster. »Ich steh auf meine Vorurteile, Süße, aber wie 'ne Eins!«, rief er ihr nach. Nach einer Weile kam sie mit den Sachen zurück und ging zum Auto. »Fährst du denn zu dem Klassentreffen?«, fragte sie. Er umarmte sie und gab ihr einen Kuss. »Ja werd ich machen. Wenn's spukig wird, hau ich ab. Hoffentlich gibt's was Anständiges zum Essen.« »Ach du«, sagte sie,

stieg ins Auto und fuhr langsam vom Hof. Koss schloss das Werkstattor und setzte sich wieder in seinen Stuhl, um weiter die Herbstsonne zu genießen. Nike war sein Glücksfall. Sie kannten einander schon lange und er hätte auch schon früher gerne etwas mit ihr angefangen, aber sie hatte an der Ehe mit ihrem Ex-Mann festgehalten, obwohl die, wie sie später selbst sagte, unrettbar marode gewesen war.

So stark sie in ihren Bemühungen gewesen war, die Ehe zu erhalten und wieder flott zu kriegen, so radikal hatte sie sie beendet, als sie mitbekommen hatte, dass ihr Göttergatter sie seit zwei Jahren nach Strich und Faden betrog. Sie verließ ihn und wollte auch um ihrer Tochter Willen erst einmal alleine bleiben. Als das Kind 15 wurde, hatten sie sich langsam angenähert und als er witterte, dass sie auch in ihn verliebt war, hatte er Gas gegeben und war ihr heftig auf die Bude gerückt. Er hatte einen guten Draht zur Tochter gefunden, die ihn witzig und interessant fand und ihn durch ihr Verhalten ermutigte, den Eroberungszug fortzusetzen.

Wenn Koss Nike besuchte, parkte er seinen Pick-up in ihrem Hof, vor dem Einfamilienhaus aus den 60ern. Im Sommer ging er gleich ums Haus herum, denn sie war abends immer im Garten. Sie liebte es, draußen zu sitzen, mit der Tochter zu Abend zu essen oder einfach nur die Füße hochzulegen, in den Garten und die Bäume zu schauen. Selbst bei Regen hielt sie sich draußen auf, ein Teil der Terrasse war überdacht. Eines Abends fuhr er zu ihr und ging in den Garten, wo sie allein war und las. Er baute sich vor ihr auf und sagte mit lauter Stimme: »Hohe Frau, ich bitte ganz offiziell darum, Ihnen den Hof machen zu dürfen!« Er zog mit ausladender Geste den nicht vorhandenen Musketierhut, setzte den linken Fuß weit zurück und beugte das rechte Knie. Sie sah ihn verblüfft an. »Junge, Junge«, sagte sie, »jetzt kommt's, aber dicke!«, und lächelte. Er strahlte sie an. »Eine eindeutige Antwort bitte, Gnädigste.« »Also gut, genehmigt«, war die Antwort. »Willst du ein Bier?« Er setzte sich und trank das Bier, das sie ihm brachte, mit Hochgenuss. »So kommen wir weiter, Nike«, sagte er und lächelte zufrieden.

Als Nike am nächsten Abend von der Arbeit nach Hause kam, sah sie schon von Weitem Koss' Pick-up an der Straße stehen, ein zweites Auto dahinter und auf dem Gehweg einen Haufen zerschlagener Ytong-Platten. Daneben einen Sandhaufen und eine Menge gestapelter Steinplatten. Sie stieg aus dem Auto und ging zu ihrer Einfahrt. Fassungslos erblickte sie Koss, der zusammen mit einem Freund ein Sandfundament in ihrem Hof legte. Nike begriff und platzte vor Lachen. Sie kriegte sich überhaupt nicht mehr ein, und Koss tat so, als verstehe er diesen Ausbruch überhaupt nicht. Sein nackter Oberkörper glänzte vom Schweiß, als er auf sie zuging. »Was gibt's denn da zu lachen, Süßherz? Ich habe doch gesagt, ich mach dir den Hof!« – Damit war die Sache entschieden, sie waren ein Paar. Sie wohnte weiter mit der Tochter in ihrem Haus und als diese bereits mit 21 Mutter wurde, überließ sie es ihr und deren Freund und zog ganz zu Koss. Sie liebten und schätzen einander sehr und passten glückhaft gut zusammen. Sie ließen sich viel Raum und Eigenleben, freuten sich aneinander und entgingen so der Gefahr, sich in eine auf Autopilot geschaltete Zwei-Personen-Sekte zu verwandeln, oder sich zu entfremden.

Sie lebten schon lange zusammen, als Nike in einer Augustnacht in seiner Werkstatt erschien, wo er an einem Auftrag arbeitete, der fertig werden musste. Sie sah im lange zu

und fragte schließlich.»Sagst du's mir irgendwann?«»Was?«
»Warum du so heißt?« Er richtete sich auf und sah ihr in die
Augen.»Ich dachte schon, du fragst nie. Lass uns rausgehen.«
Sie setzten sich in den Hof und er erzählte es ihr.

Er war gerade zwölf geworden und hörte sehr viel Radio,
AFN natürlich. Er liebte Musik, ließ sich von ihren Stimmun-
gen tragen und tauchte in die verschiedenen Energiezustände,
die die Songs verbreiteten, ein. Dann hörte er diesen»All right
now«. Die Band hieß Free. Er drehte das Radio lauter. So etwas
hatte er nie zuvor gehört. Der Schlagzeuger ein Schmied, die
Stimme des Sängers, der langsame Groove, blutrot wie ein
riesiges Herz, und dann die Gitarre, ein wildes oszillierendes
Wesen, dessen Süßigkeit ihm die Tränen in die Augen trieb.
Das war es. Genau so wollte er in der Welt sein. Ganz genau
so. Der Song verklang, er machte das Radio aus und setzte
sich mit weichen Knien. Er fand schnell heraus, was er suchte, nahm die Magie zu sich und ein umzugsbedingter Schul-
wechsel passte perfekt zu seiner Verwandlung. Als er seiner
neuen Klasse namentlich vorgestellt wurde, sagte er:»Und
ich heiße Koss.« Seltene Nachfragen ignorierte er, es war
selbstverständlich, dass er die Geschichte seines Namens für
sich behielt. Als Paul Kossoff 1976 mit nur 25 an Drogen zu
Grunde ging, trug er den Namen weiter. Er war sein.

Koss erhob sich aus dem großen Stuhl im Hof und ging
in die Werkstatt, um sein Werkzeug zu ordnen und ein-
zuräumen. – Das erste Mal, als er Schreinerwerkzeug in den
Händen gehalten hatte, war im Knast gewesen. Das war lange
her. Die Schreinerlehre, die er dort begonnen und später als
Freigänger und auf Bewährung abgeschlossen hatte, war das
einzig Gute an dieser schrecklichen Erfahrung gewesen.

Koss hatte mit 18 angefangen mit Haschisch zu dealen, und seine Geschäfte hatten zügig größere Dimensionen angenommen. Selbst begeisterter Kiffer, sah er daran nichts Schlechtes. Das Zeug war zwar illegal, er entwickelte aber keinerlei Unrechtsbewusstsein, da er Haschisch nicht als gefährliche Substanz, sondern als Wohltat erlebte. Auf den Gedanken, in den Kokain- oder Heroinhandel einzusteigen, wäre er nie gekommen. Er hielt sich an »das gute Zeug«. Es schien ihm lediglich ein technisches Problem zu sein, die Deals so abzuwickeln, dass er nicht geschnappt würde. Seine Menschenkenntnis war gut entwickelt, er war auch nicht übermäßig gierig und durch Schläue und Vorsicht kam er eine ganze Weile sehr gut zurecht. Er verdiente einen Haufen Geld, protzte aber nicht damit und ließ nicht nur die beiden Freunde, mit denen er zusammenwohnte, sondern auch andere teilhaben. Er war von Natur aus ein Genießer und ein geselliger großzügiger Mensch. Kurz nach dem schriftlichen Abitur stielte er einen größeren Deal ein. Einen der »Geschäftspartner« kannte er lange, den anderen erst seit kurzem. Die Übergabe von Stoff und Geld sollte auf einem Autobahnparkplatz südlich von Frankfurt stattfinden, was als Abwicklungsort nicht ungewöhnlich war. Speziell an diesem Deal war lediglich die ordentliche Menge von vier Kilo und die kurzfristige Ansage, einen Parkplatz in südöstlicher Richtung bei Aschaffenburg anzufahren. Koss und sein Partner waren verwundert, bestätigten den Treffpunkt aber. Der Deal schien sicher und sie wollten ihn schnell abwickeln. Es war ein schöner Frühlingsabend, die Luft war schon lau und Koss war angespannt, aber guter Dinge. Frischverliebt hatte er sich für den späten Abend mit Martina in einem Club verabredet, und er freute sich sehr auf das Wiedersehen mit dem scheuen Mädchen, das, auch sehr verliebt in ihn, eine große Präsenz und warme Verspieltheit zeigte, als es ihm endlich gelungen war, ihr Vertrauen zu gewinnen. Nachdem sie hinter seine charmante Fassade als Frauenheld geschaut und herausgefunden hatte, dass er keine »Abschussliste« führte, sondern aus echter Begeisterung Mädchen umwarb, hatte sie sich gerne und tief auf ihn eingelassen. – So fuhren Koss und sein Kumpel in den hellen Frühlingsabend und ihr Unglück.

Sie rollten auf den Parkplatz, begrüßten den Kunden und dann ging alles blitzschnell. Urplötzlich war überall Polizei. Flucht war unmöglich und Koss begriff, dass ihn alle seine Instinkte verlassen hatten, denn er befand sich nicht nur in Polizeigewahrsam, sondern auch hinter der hessisch-bayrischen Grenze auf Bayrischem Gebiet.

Die Auswirkungen dieser Tatsache waren verheerend. Koss war 20, seit zwei Jahren volljährig, und kam in Untersuchungshaft. Die Haftprüfungstermine verliefen negativ, er saß bis zur Verhandlung. Der Typ, der sie ans Messer geliefert hatte, war kein V-Mann des Drogendezernates gewesen, sondern selbst ein erwischter Dealer, der einer hohen Haftstrafe entgegensah, und versuchte, durch diese Aktion im Dienst der Polizei, bessere Karten für seinen eigenen Prozess herauszuschlagen.

Hätte die Verhaftung in Hessen stattgefunden, hätte Koss bei dieser Menge unter günstigen Umständen einhalb bis zwei Jahre auf Bewährung bekommen, so aber traf ihn der bajuwarische Hammer mit voller Kraft. Er kassierte drei Jahre, von denen er etwas über Zweidrittel absitzen musste, um danach auf Bewährung entlassen zu werden. Martina erfuhr noch am selben Abend von seiner Verhaftung durch Koss' jüngeren Bruder, der von der Verabredung der beiden wusste. Sie war völlig schockiert. Natürlich hatte sie gewusst, dass ihr neuer Schwarm kiffte und ein Jahr zuvor bei der Weitergabe von ein paar Gramm Haschisch auf dem Pausenhof erwischt worden war, aber vom Ausmaß seiner Geschäfte hatte sie nicht die leiseste Ahnung gehabt. Loyal wie sie war, besuchte sie ihn ein paar Mal im Knast, aber diese Erfahrung war derart gruselig, dass sie nicht traurig über seine Bitte war, ihn nicht mehr zu besuchen. Sie schrieben sich

noch eine Weile, aber auch diese Kommunikation geriet ins Stocken, zumal sie zum Herbstsemester ihr Studium in Hamburg aufgenommen hatte und Orte wie Schule, bestimmte Clubs und Cafés, die sie gemeinsam erlebt hatten, weit entfernt waren. Der Faden zwischen ihnen wurde immer dünner, bis er schließlich riss.

Koss beendete die Schreinerlehre und sofort als seine Bewährungszeit abgelaufen war, verließ er Deutschland. Er lebte eine Zeit lang in Italien, erholte sich, verbesserte sein Handwerk stetig. Er sah sich in Indien um, lebte eine Weile in Goa. Nach zwei Jahren ging ihm die Hippielethargie der dortigen europäischen Community aber derart auf den Keks, dass er sich zur Rückkehr nach Deutschland entschloss. Während seiner Indienzeit arbeitete er als Einkäufer für Läden in Frankfurt und München. Im Wesentlichen kaufte und verschickte er Textilien und Möbel. Ende der 80er fand er das alte Haus mit Stall und Scheune in Vogelsberg, das er zuerst mietete und später kaufte. Es lag außerhalb eines Dorfes, hatte ein großes Grundstück mit einem weitläufigen wilden Garten und dort ließ er sich nieder. Der Ort gab ihm Ruhe und Kraft, er richtete seine Werkstatt ein und war mit sich im Reinen.

Jetzt schloss er das Werkstatttor und bestieg den Pick-up, um nach Königstein zum Klassentreffen zu fahren.

V

»Und? Hast du's dir überlegt?« Leonhard sah zu seinem Liebsten hinüber, der die Einkäufe in den Kühlschrank räumte. »Kommst du nun mit?«»Nein«, sagte er, »ich hab's mir noch nicht überlegt. Ist das heute?«»Du weißt genau, dass das heute ist. Komm doch mit, strenggenommen gehörst du auch dahin.« Leonhard machte Kaffee. »Koss kommt, Martina auch, die unermüdliche Lisa hat's mir gesagt.« Curt überlegte. »Die beiden würde ich gerne wiedersehen. Aber irgendwie ist mir das Ganze unangenehm. Mein Gott, seit's das Internet gibt, funktionieren Klassentreffen plötzlich wie geschmiert. Ich war im Sommer bei unserem 35sten.«»Das hast du mir gar nicht erzählt. War das, als ich in Chicago war?«»Ja, na ja, so herausragend eindrucksvoll war's nicht, dass ich es dir Wochen später erzählen musste.«»So, genug abgelenkt«, sagte Leonhard. »Eine Entscheidung bitte.« Curt nahm die Tasse mit dem frischen Kaffee entgegen. »Also gut, wenn's dich glücklich macht, ich komme mit. Ich trinke nichts und bleibe im Fluchtwagen sitzen. – Mit laufendem Motor!« Leonhard lachte. »Das Outing mit dem längsten Delay aller Zeiten. Gut. Vielleicht wird's lustig, ich hab jetzt schon Angst vor unserem Fernsehstar.«

Als Leonhards Eltern mit dem Mercedes gegen den Brückenpfeiler gedonnert waren, war er 16. Dreiviertel 17 genaugenommen. Die Polizisten, die gegen acht an diesem Märzabend vor der Tür standen, hatten es so formuliert:»Ihre Eltern sind leider beide noch am Unfallort ihren schweren Verletzungen erlegen.« Das erste Mal, dass sie schweren Verletzungen erlegen sind, schoss es dem Jungen durch den Kopf. Seine Eltern hatten sich gestritten und gegenseitig schwer verletzt, seit er denken konnte. Sie hatten einander angezischt, angeschrien, angebrüllt. Sie konnten ganze Streitmarathons über Tage durchziehen. Als Streckenposten mussten dann alle herhalten, die ihren Alltag teilten. Die Angestellten der gemeinsamen Kunsthandlung, die Putzfrau und natürlich auch Leonhard, das einzige Kind. Als er noch klein war, wurden selbst seine Babysitter als Schlachtbeobachter rekrutiert. Es war fürchterlich. Als er älter wurde, zehn oder elf, hatte seine Mutter begonnen, ihn aktiv einzubeziehen. War der Vater bei einem der Kämpfe wutentbrannt aus dem Haus gestürzt, begann sie, die Sache mit Leonhard zu besprechen, zu beschluchzen, zu bewüten. Hilflos erschrocken, hatte er anfangs noch versucht, der Mutter zu antworten, doch sehr schnell stellte sich heraus, dass er nichts richtig machen konnte. Alles, was er versuchte zu sagen, war falsch und vertiefte das Lamento der Hausherrin. Also hörte er einfach zu und versuchte während einer Tiradenpause unbemerkt aus dem Zimmer zu entkommen. Im Laufe der Zeit gewöhnte er sich die Pose des Zuhörenden an und das Zuhören selbst ab, so weit ihm das möglich war.

Und er schwieg. Schwieg die Eltern einfach an. Wäre er nicht genötigt gewesen, in der Schule zu sprechen, wäre ihm vermutlich die Stimme verkümmert. Er begann, wenn er alleine war, vor sich hin zu summen.

An dem Abend des Unfalltages kam die Schwester seines Vaters in das große, bis auf Leonhard leere Haus und wollte ihn mit zu sich nehmen. Er weigerte sich, also übernachtete die Tante in der Zeit bis zur Beerdigung in seinem Elternhaus. Sie hatte in seiner Schule angerufen, um ihn vom Unterricht befreien zu lassen, er aber ging stoisch hin. Als der Direktor ihn aus der Klasse holte, um ihn nach Hause zu schicken, sagte er nur »Es ist besser, wenn ich am Unterricht teilnehme, glauben Sie mir.«

Er bekam einen Amtsvormund und wehrte sich entschieden, in ein betreutes Jugendwohnen überführt zu werden. Sehr klar äußerte er seine Vorstellungen. Er wünsche Wiesbaden zu verlassen und in Frankfurt zur Schule zu gehen. Und er wolle alleine in der Nähe der Schule eine Zwei-Zimmer-Wohnung beziehen. Der Vormund ließ den Jungen psychologisch begutachten mit dem Ergebnis, dass Leonhards Wünsche unterstützt wurden. Bedingung war, dass er sich in der neuen Schule dem Schulpsychologischem Dienst vorstellte und regelmäßige Treffen mit dem Vormund einhielt.

Er zog nach Frankfurt, die Tante vermietete das Elternhaus und übernahm, unterstützt vom Prokuristen, die Kunsthandlung. Und Leonhard landete in der neuen Klasse auf dem Platz zwischen Martina und Lisa. In seiner neuen Wohnung benutzte er lange Zeit nur eines der beiden Zimmer, und auch dieses richtete er so sparsam und funktional ein wie möglich. Er hielt Ordnung und kochte für sich, wenn er nicht mit den anderen im Café bei der Schule etwas aß. In den Nächten, in denen er lange schlaflos im Bett lag, fragte er sich immer wieder, wie genau der Unfall passiert war. – Und ob es überhaupt ein Unfall gewesen war. Hatten sie gestritten? Hatten Regen und überhöhte Geschwindigkeit alleine ausgereicht, um sie zu töten? War der Vater absichtlich gegen den Pfeiler geknallt? Hatte die Mutter geschrien, hatte sie ins Lenkrad gegriffen?

Er bemerkte, dass er immer weniger aß und ihn die immer wiederkehrenden Schreckensbilder von seinen Eltern in dem schweren Wagen auffraßen.

Er wandte sich an seinen Vormund, den er mochte, und sagte ihm, dass er Hilfe brauche, wozu der Schulpsychologe nicht tauge. Er wünsche sich Hilfe, die unabhängig von der Schule sei. Der Vormund verstand das und so begann der Junge eine Therapie, die im Laufe eines Jahres dazu führte, dass seine Kraft zurückkehrte und er langsam begann, den Tod und das Leben seiner Eltern zu verarbeiten. Er fühlte sich wohl in der neuen Schule und in der Klasse. Er mochte Martina und Koss sehr. Sie wurden Freunde. Leonhard war ein großer gut aussehender Junge. Seine großen dunkelblauen Augen und sein ruhiger Blick faszinierten viele Mädchen. Lisa, obwohl liiert mit Bernd Caspari aus der Dreizehnten, schmachtete ihn an, er tat, als bemerke er das nicht. Er ließ kein Mädchen an sich heran.

Leonhard war gern allein, genoss aber auch die Gesellschaft der anderen und ging zunehmend gerne abends aus. Er kiffte und trank mäßig, amüsierte sich, aber er hatte ein untrügliches Gefühl für den Scheitelpunkt von Partys. War der erreicht, sagte er regelmäßig »Also jetzt wird's blöd« und brach auf. Die mit ihm gingen, hatten einen schönen Abend erlebt. Da er meist noch fahrtüchtig war, brachte er die Freunde großzügig nach Hause. Die anderen, die geblieben waren, stürzten meistens gnadenlos ab. Er redete immer noch nicht viel, war aber unschlagbar präsent im Schweigen. »Unser

Powerschweiger«, hatte Koss ihn mal grinsend genannt. Man konnte Leonhard ansehen, dass er das nicht ungern hörte. Ein kleines Zucken der Mundwinkel verriet ihn.

Am liebsten allerdings war er auf der Piste. Kaum waren die Ferien während der Skisaison fünf Minuten alt, saß er schon mit Ski und Sack und Pack im Auto und fuhr Richtung Alpen. Meistens waren das Oberinntal oder das Ötztal seine Ziele, manchmal fuhr er sogar an einem verlängerten Wochenende hinunter, nur um für eineinhalb Tage Ski zu fahren. Skifahren gehörte zu den Dingen, die er am liebsten alleine machte, er kannte nichts Schöneres, als eine lange schwere Abfahrt.

Dass er schwul war, wurde ihm eigentlich schon mit 15 klar, aber er behielt auch das für sich, um in Ruhe herauszufinden, was das bedeutete und was genau er sich wünschte. Er ließ sich Zeit.

Seine große Liebe lernte er mit 18 kennen. Der Mann war zehn Jahre älter als er. Leonhard beobachtete und umwarb ihn. Er war sich sicher. Der Mann hatte Gründe, Leonhard nicht an sich heranzulassen, aber wenn er dem Jungen in die schönen Augen schaute, wusste der, dass seine Hoffnungen nicht unbegründet waren. Zwei Monate nach dem Abitur tauchte er vor der Wohnung des Angebeteten auf, passte ihn ab und stellte ihm mit der ganzen Kraft seines Herzens die Frage, um deren Beantwortung der Mann nicht mehr die Kraft hatte, sich herumzudrücken. Er weinte, als er antwortete.

Seitdem waren Curt und er zusammen. Sie taten einander gut und durch die Liebe wuchsen Leonhard neue Kräfte zu. Sein ausgeprägter Humor zeigte sich deutlicher. Endlich konnte er albern und ernst, verspielt und erwachsen werden.

Er begann Kunstgeschichte zu studieren, denn der Kunsthandel, den seine Familie seit drei Generationen betrieb, entsprach tatsächlich seinen Talenten. Er arbeitet sich ein und schlug Curt schließlich vor, das Elternhaus zu verkaufen, um ein anderes in Wiesbaden zu erwerben, in dem sie leben konnten. Sie fanden eine kleine alte Villa und Curt suchte um Versetzung von Frankfurt nach Wiesbaden nach, die nach zwei Jahren Pendeln auch bewilligt wurde. Als Leonhard das Geschäft vollständig übernommen hatte, setzte er seine Vorstellungen geschickt um und es lief besser, als er zu hoffen gewagt hatte. Er reiste beruflich viel und wenn Curts Arbeit es zuließ, begleitete er ihn. Sie hatten genügend gemeinsame Interessen, Liebe und Respekt füreinander, um gut zusammenzuleben.

»Wann fahren wir, Leo?«»So um halb sieben wäre gut.« Curt verließ die Küche mit einem wehmütigen Blick, blieb in der Tür stehen, legte die Fingerspitzen an die Lippen und warf ihm einen Luftkuss zu.»Wenn du mich suchst, Liebster, ich liege mit aufgeschnittenen Pulsadern in der Badewanne.« Leonhard lachte.»Schön, dass du so undramatisch bist«.

VI

Martina erwachte und machte sich fertig, um nach unten zu gehen. Sie fand den Wintergarten und Lisa ging ihr strahlend entgegen.»Ich bin so aufgeregt«, sagte sie,»komm sieh dir das an!« An der Wand gegenüber des Eingangs hing ein großes Prospekt mit dem Abifoto der Klasse.»Schön«, sagte Martina und betrachtete das Riesenfoto aus der Nähe,»und so groß, ist so was nicht rasend teuer?«»Ach nein«, antwortete Lisa, »die Dinger lassen wir dauernd machen. Aktionsprospekte. Wildwochen, Spargelsaison und so weiter. Komm, jetzt kommt die Überraschung.« Sie zog Martina in eine große Nische des Raumes. »Ich hab uns einen eigenen Tisch gemacht. Da!« Auf dem Tisch stand ein normales Reserviertschild, daneben ein größeres, auf dem »Die Seeligen« stand. An der Fensterfront hatte Lisa ein weiteres Fotoprospekt angebracht. Martina betrachtete das Foto reglos staunend. Es zeigte die Donnerstagsgruppe beim Schulpsychologen, zu der auch sie gehört hatte. Koss und Martina hingen scheinbar tot auf ihren Stühlen, Martinas Kopf lag weit im Nacken, ihre Augen waren geschlossen. Koss lag verdreht in seinem Stuhl, die Augen starr und die Zunge hing ihm aus dem linken Mundwinkel. Lisa lag mit dem Oberkörper auf dem Tisch und sah aus, als schliefe sie, daneben stand Klarissa mit aufgerissenem Mund, geweiteten panischen Augen und raufte sich die Haare, und Leonhard saß starr in Stan-Laurel-Manier mit hochgezogenen Schultern auf seinem Stuhl und hatte die Hände zu Fäusten geballt vor sich auf den Tisch gelegt.

»Selbstauslöser, das hab ich gemacht«, sagte Lisa stolz, »ist das nicht ein Superfoto?« Martina grinste. »Das kann man wohl sagen. Das könnte ich doch mitnehmen und in meiner Praxis in den Raum hängen, in dem meine Klienten warten.« Sie kicherte. »Das wird ihr Vertrauen zu mir ins Unermessliche steigern!«»Ich kann dir eins machen lassen, im Ernst«, bot Lisa an. »Und du hast uns den Namen gegeben. Die Seeligen.«

Das stimmte. Jedes Mal, wenn alle sich versammelt hatten, sagte Martina vor dem Eintreffen des Schulpsychologen:

»Selig sind die Bekloppten, denn sie brauchen keinen Hammer«, und setzte sich ergeben.

Die Donnerstagsgruppe kam auf Betreiben des Schulpsychologischen Dienstes zustande. In ihr waren die Schüler zusammengefasst, die aus den unterschiedlichsten Gründen auffällig geworden waren und bereits zu Einzelgesprächen hatten antreten müssen. Koss war bei einem kleinen Deal in der Schule erwischt worden und Lisa hatte eine Phase, in der sie klaute wie ein Rabe. Bei zweien ihrer Raubzüge im Einkaufszentrum war sie erwischt worden und es hatte Rückmeldungen an die Schule gegeben. Leonhard stand sowieso unter Vormundschaft und schulpsychologischer Betreuung, Klarissa war wegen ihrer Wutausbrüche, bei denen sie auch Lehrer wüst beschimpft hatte, dabei und Martina hatte einen halbherzigen Selbstmordversuch mit Tabletten hinter sich, den sie selbst abgebrochen hatte, nachdem ihr aber der Magen hatte ausgepumpt werden müssen. Der Vorfall hatte eine Menge mit ihrem neuen Stiefvater und ihrer ignoranten Mutter zu tun, die sich aber doch besorgt an die Schule gewandt hatte, damit man sich dort besser um die Tochter kümmere.

So waren sie alle grundsätzlich unfreiwillige Mitglieder der Donnerstagsgruppe, die auf einen Zeitraum von sechs Monaten angelegt war.

Diese Unfreiwilligkeit einerseits und die Tatsache, dass Weber, der Schulpsychologe, nicht gerade ein Meister seines Faches war andererseits, sorgten dafür, dass diese Gruppensitzungen relativ vergebliche Veranstaltungen blieben. Martina hatte einige wirklich gute und wohltuende Gespräche mit ihrem Klassen- und Vertrauenslehrer Westhäuser geführt. Sie brauchte jemanden, dem sie sich anvertrauen konnte, und er war für sie da. Mit ihm machte sie die Erfahrung, dass in einer solchen Situation viel Kraft lag, und die Gespräche mit Westhäuser waren der erste Impuls zur Wahl ihres späteren Berufs gewesen. Martina war Psychotherapeutin geworden.

Die Gruppensitzungen stellten allerdings unter den Teilnehmern eine größere Nähe her. Eine nicht in jedem Fall positive Nähe, was am Verhältnis von Leonhard und Klarissa gut zu beobachten war. Hatte Leonhard schon vorher nicht gerade eine Schwäche für Klarissa gehabt, so entwickelte er nun eine abgrundtiefe Abneigung gegen sie und ließ sie bei jeder Gelegenheit auflaufen, indem er sie monumental anschwieg. Das machte Klarissa rasend. Sie keifte ihn an und warf ihm mordlustige Blicke zu. Mit anderen Worten, sie hassten sich wie die Pest. Sie verlegte sich darauf, Koss zu beflirten, der sich das gerne gefallen ließ. Er fand sie zwar oft laut und nervig, aber er mochte sie auch. Sie hatte manchmal Momente von überraschender Zartheit, konnte witzig sein und außerdem war sie hübsch und er fand sie erotisch anziehend. Auf Martina hatte er schon länger ein Auge geworfen, doch sie flirtete nicht und Koss wusste, dass eine Geschichte mit ihr etwas Ernstes und Tiefes wäre. So verkehrten diese beiden einstweilen eng freundschaftlich miteinander. Mit Klarissa ging er nach einer Party ins Bett. Es ergab sich und er fand es aufregend, sie auf diese Weise zu erleben, aber er hatte nicht den Wunsch, das zu wiederholen. Er sah die Sache locker und reagierte auf ihre wachsende Gereiztheit ihm gegenüber mit Unverständnis und Schulterzucken. Er hatte einfach keine Lust, sich näher mit ihr zu beschäftigen, und so entging ihm ihr manchmal aufblitzender Hass, den sie auf ihn entwickelte.

Lisa war zu allen lieb und wünschte sich nichts sehnlicher, als von allen gemocht zu werden.

»Schau uns an Martina«, sagte sie, »was für eine Bande! Und wie jung wir da sind, und wie hübsch.« Sie betrachtete das Foto wehmütig. »Ach Lisa, du siehst doch gut aus«, sagte Martina, der der leicht verhärtete Zug um Lisas Mund nicht entgangen war. 25 Jahre mit Bernd Caspari hatten Spuren hinterlassen. »Ich weiß nicht, findest du? Aber du, du siehst richtig toll aus, sogar besser als damals Martina!«

»Das würde ich aber auch sagen! Hallo Mädels«, rief Koss und breitete strahlend die Arme aus, während er auf sie zuging. Die beiden waren herumgefahren und Martina fühlte eine gute Welle warmer Freude in sich aufsteigen. Er umarmte sie zuerst. »Tina Tina Tina«, sagte er leise, drückte sie an sich und hielt sie eine kleine Weile. Dann umarmte er Lisa und sah über ihre Schulter auf das Foto. Er gab Lisa einen Klaps. »Das ist ja super, das hast du gemacht, ich erinnere mich.« Er besah das Foto näher, lachte, als er das Schild auf dem Tisch sah und sagte: »Na dann wollen wir doch mal rausfinden, was das mit uns macht.« Die Frauen kicherten. Dieser Satz war Martina in der Donnerstagsgruppe immer besonders peinlich und lächerlich vorgekommen. Die Psychologenfrage: »Und, was macht das jetzt mit dir ...?«»Ach wisst ihr, wir sind ja die Ersten, ich zeig euch noch schnell unseren Wellnessbereich, bevor die anderen kommen. Habt ihr Lust?«, fragte Lisa. »Klar«, sagte Koss, »wir können ja später noch 'ne kleine Poolparty machen.« Lisa führte sie durch den Wellnessbereich, der im ersten Stock lag. Er war wirklich sehr schön. Ein ausreichend großes Schwimmbecken, zwei Trockensaunen, davor Tauchbecken mit eisigem Wasser, eine große Dampfsauna, ein Ruheraum und eine kleine Bar. Man konnte nach der Sauna auf eine Terrasse hinausgehen, die durch eine hohe Bambuspalisade von außen nur in Kopfhöhe einsehbar war. Der ganze luxuriöse Ort hatte eine asiatische Anmutung. Eine ruhige klare Atmosphäre, und natürlich standen da zwei große Buddhastatuen vor Wasserbecken, in denen große ovale Steine lagen. Martina dachte darüber nach, dass Buddhas mittlerweile zum stylischen Wohnaccessoir verkommen waren und stellte sich Jesus am Kreuz als modische Interieurzugabe in einer hinduistischen Villa vor. Sie wollte Lisa nicht verletzen, deshalb sprach sie ihre Gedanken nicht aus.

Koss probierte inzwischen eine der breiten, bequemen Liegen aus. »Hier kann ich mich ja nach dem guten vielen Essen nachher ein Ründchen hinlegen. – Es gibt doch viel gutes Essen, oder Lisa?« Lisa lachte. »Ja, natürlich, ich habe das Büfett mit unserem Küchenchef selbst zusammengestellt. Ihr werdet es lieben!« Sie tätschelte Koss' Bauch. »Verfressen und schlank wie früher. Und noch volles Haar! Beneidenswert! Was meint ihr, sollen wir nach unten gehen? Jetzt gibt's erst mal Kaffee und Kuchen. Büfett ab 19.00 Uhr, Musik müsste auch gleich kommen.« »Oh«, sagte Koss, »hoffentlich kein Alleinunterhalter.« »Spinner! Für was hältst du mich? Ich habe einem von Bernds Auszubildenden eine kleine Liste gemacht mit Musik aus unserer Schulzeit, den Rest hat er zusammengestellt, hat 'nen guten Geschmack, der Junge«, erwiderte Lisa. »Abba«, sagte Martina, »stimmt's? Und Hotel California … Some dance to remember, some dance to forget«, sang sie. Koss sprang ihr mit gestrecktem Travoltaarm und Zeigefinger in den Weg: »… well you can tell by the way I use my walk, I'm a woman's man, no time to talk, music's loud and woman warm«, quäkte er mit Kopfstimme den Bee Gees Song. »Wie gut, dass ich meine kleinen roten Tanzschuhe angezogen habe.« Er trug wie immer schwarze Stiefel. Immer noch mit gestrecktem Arm den Kopf rhythmisch nach links und rechts schleudernd marschierte er aus dem Wellnessbereich. Die beiden Frauen liefen hinterher. »Na das fängt ja gut an«, sagte Lisa und hakte Martina lachend unter.

Als sie in den Wintergarten zurückkamen, waren bereits fünf Ehemalige eingetroffen, und die Musik hatte auch schon angefangen. Der Auszubildende hatte gerade »Baker Street« von Gerry Rafferty aufgelegt. Lisa begrüßte alle und rief die Bedienung, damit Kaffee und Kuchen bestellt werden konnten.

Martina und Koss saßen am seeligen Tisch, unterhielten sich und kommentierten jede neu ankommende Person. Die meisten Neuankömmlinge begrüßten die beiden, nachdem sie sie in der Nische entdeckt hatten, lachten über das Foto und verteilten sich dann an die anderen Tische. Manche setzten sich gleich irgendwo fest, andere wanderten herum und begrüßten einander.

Martina, die über ein gutes Personengedächtnis verfügte, rätselte bei manchen Eintretenden darüber, um wen es sich handeln könnte. Die Identität von drei oder vier Leuten war ihr völlig schleierhaft. Sie fragte Koss, der auch ratlos war. »Na weißt du, besonders bei uns Typen ist das manchmal schwierig. Vielen von uns fallen ja nun mal die Haare aus. Das und 15 Kilo mehr bei jemandem und du blickst überhaupt nicht mehr durch.« »Die Amis denken da praktischer«, sagte Martina, »die heften sich zu solchen Gelegenheiten gleich Namensschilder an. Ich hasse das, Mensch, das ist doch peinlich.«

Noch peinlicher wurde es, als ein Mann, den man gemeinhin als stattlich bezeichnet hätte, die Nische ansteuerte, die beiden herzlich begrüßte und sich zu ihnen setzte. »Na, wie ist es euch so ergangen, gut seht ihr aus«, eröffnete er das Gespräch. Die beiden schafften es tatsächlich, sich zehn Minuten mit dem Mann zu unterhalten, ohne den geringsten Schimmer zu haben, um wen es sich handelte. Entsprechend hölzern fiel die Konversation aus und der Mann ging und setzte sich an einen anderen Tisch. »Wir brauchen Lisa, die weiß doch immer alles«, sagte Martina. »Noch ein, zwei Aliens und ich krieg die Krise.« »Also wer das ist, das weiß ich aber hundertprozentig«, antwortete Koss und nickte mit dem Kopf Richtung Eingang. Klarissa betrat den Wintergarten. Sie blieb einfach mitten im Raum stehen und sah sich langsam um. Sie war sich ihres guten Aussehens und ihrer Wirkung vollkommen bewusst und genoss ihren Auftritt. »Also das muss man sagen, sie sieht spitze aus, und dieses Kleid, unglaublich«, sagte Martina. »Lisa hat mir am Telefon erzählt, dass sie einen mondänen Modeladen hat und mit einem reichen Rechtsanwalt verheiratet ist. Fürstenberg heißt der, glaube ich.« »Claudius Fürstenberg?«, fragte Koss nach. »Bist du dir sicher?« »Also seinen Vornamen hat Lisa nicht erwähnt, ich kann sie mal fragen, kennst du diesen Fürstenberg?« »Wenn er Claudius heißt, dann ja, ich hatte einen großen Auftrag von dem, hab ihm ein paar Möbel gebaut. Erste Sahne.« »Du baust Möbel? Bist du Schreiner?«, fragte Martina überrascht. »Jep! Kunstschreiner«, er griff in die Jacke, holte seine Brieftasche hervor und entnahm ihr ein Foto. Er hatte den Herzschrank fotografiert und trug das Foto bei sich. »Guck, so was zum Beispiel, so was mache ich.« Sie sah das Schränkchen und sagte:»Oh! Was für ein himmlischer Schrank! Koss, der ist wunderschön!« Er lachte.»Genau das hat meine Freundin auch gesagt«, sagte er stolz.»Na? Fotos von den lieben Kleinen? Oder nur vom Hundchen?«, fragte Klarissa, die an den Tisch getreten war.»Nacktfoto von mir«, antwortete Koss und steckte das Foto ein.»Hallo Klarissa! Tolles Kleid!« Jetzt erst fiel Klarissas Blick auf das Foto der Seeligen. Sie sah es lange an.»Was für ein Haufen Idioten. Hallo Martina, du siehst noch besser aus als damals. Lisa sagt, du bist Psychotherapeutin, stimmt das?«»Ja, das stimmt«.»Darf ich mich setzen oder brauche ich dafür einen Termin?« Martina fuhr sich stöhnend durch die Haare.»Nein, ich schieb dich dazwischen. Großer Gott, nun setz dich Klarissa, bitte, das ist unser Tisch.« Sie schubste das Seeligenschild in Klarissas Richtung. Koss grinste und Klarissa setzte sich.»Ich hab gehört, du bist mit 'nem Anwalt Fürstenberg verheiratet, ist das Claudius Fürstenberg?«, fragte er.»Ganz richtig, benötigst du einen Anwalt? Mein Mann macht aber kein Strafrecht, er ist Wirtschaftsrechtler.« Koss ignorierte ihre Frage.»Nennen Sie dich jetzt Fürstin?«, wollte er wissen und beugte sich vor,»Fürstin der Finsternis, vielleicht?«»Gut gegeben«, sagte Martina,»können wir uns jetzt vielleicht mal entspannen? Sonst fange ich leider an zu schreien.« Klarissa setzte sich und winkte nach der Bedienung. Inzwischen waren sie vollzählig. Insgesamt 26 Ehemalige waren erschienen, hatten sich an die Tische sortiert und genossen Kaffee und Kuchen. Lisa als Gastgeberin wanderte herum und unterhielt sich an verschiedenen Tischen. Da sie das Klassentreffen organisiert und mit fast allen telefoniert hatte, war sie am besten über den Verlauf der Biographien der ehemaligen

Mitschüler im Bilde. Ihre Internetrecherchen waren sehr aufschlussreich gewesen, fast alle waren dort vertreten. Manche hatten Websites oder fanden auf andere Weise Erwähnung. So hatte sie erfahren, dass einer Grüner Kommunalpolitiker und zwei Lehrer geworden waren. Einer davon sogar an ihrer alten Schule. Die meisten wohnten noch in Frankfurt und Umgebung, nur Westhäuser, den Klassen- und Vertrauenslehrer, hatte sie nicht finden können, was sie sehr bedauerte. Aus ihrer jetzigen fast 45-jährigen Perspektive bewunderte sie die Leistungen des damals noch unter 30-Jährigen umso mehr. Aufmerksam und voller Empathie war er gewesen. Und verlässlich und fair. Den Titel Vertrauenslehrer verdiente er. Was ihm anvertraut wurde, behielt er für sich. Das wusste sie aus eigener Erfahrung. Natürlich hatte er sie auf die Klauerei und die Hintergründe angesprochen. Ihm war aufgefallen, dass sie einige ihrer Mitschüler häufig beschenkte, und er hatte ihre Aufmerksamkeit auf die Tatsache gelenkt. Respektvoll hatte er sie darauf hingewiesen, dass sie selbst von Menschen gemocht werden wollte, die sie eigentlich nicht leiden konnte. Diese seine Beobachtung verblüffte sie und nach längerem Nachdenken darüber fiel ihr auf, dass er recht hatte. Er hatte sie seiner Zuneigung versichert, ihre Talente hervorgehoben und ihr geraten, doch einmal zu riskieren, abzuwarten, wer oder was auf sie zukäme, statt ständig um andere zu werben. Dieser neue Blickwinkel hatte ihr geholfen, und wenn sie es schaffte, dem Rat zu folgen, konnte sie erstaunt feststellen, dass der Kontakt zu Mitschülern lebendiger und angenehmer wurde. Nach der Schule hatte sie ihn lange vermisst. Westhäuser, Deutsch und Gesellschaftskunde, war unauffindbar gewesen.

»Hallo, Hallo! Die liebe Lisa!«, sagte jemand hinter ihr laut. Sie fuhr herum und erblickte Hardy M. Kunz, der sie im nächsten Moment heftig in die Arme schloss. Sein Herrenparfum war leicht überdosiert, seine Herzlichkeit auch. »Schön, dass du kommen konntest, Hadi«, sagte sie und schaute ihn an. Er war teuer und etwas laut gekleidet, sah aber insgesamt gut aus. »Rrrr«, machte er, »Harrrdy heiß ich«. Lisa erwog kurz nach der Bedeutung des überraschend in seinem Namen aufgetauchten M zu fragen, ließ es aber bleiben. Sie hatte bemerkt, dass bei männlichen, aber auch bei weiblichen Fernsehschauspielern und Moderatoren abgekürzte Zweit- und Drittvornamen hoch im Kurs zu stehen schienen. Offenbar glaubten sie, dass opulente Initialen ihre Bedeutung erhöhten. Kunz hatte zum M gegriffen. Hans-Dieter Maria Kunz. Witzig. Er bewunderte das Klassenfoto und steuerte die Nische an. Nachdem er mit ausgebreiteten Armen das Seeligenfoto bekichert hatte, begrüßte er die drei ausladend. »Hallo, Hallo! Mein Gott siehst du gut aus Klarissa! Und du auch Tina! Koss, alter Junge, wieder in der Spur? Alles schick?« Diese nassforsche Taktlosigkeit verschlug sogar Koss die Sprache, Martina starrte ihn an und Klarissa bekam einen Lachanfall. »Kunz, du Vollidiot, Fernsehen hilft auch nicht gegen alles«, japste sie, als sie wieder sprechen konnte. »Ich mein ja nur. War doch ein harter Schicksalsschlag, damals«, verteidigte Kunz sich. »Na ja, ich werd mir erstmal was zu trinken holen.« Er hob grüßend die Hand, drehte sich um und steuerte einen Tisch an, an dem nur Frauen saßen. »Am besten 'nen Liter Valium«, murmelte Koss.

Lisa drehte den Abbasong leiser. »So, ihr Lieben«, rief sie, »hört mal kurz zu! Toll, dass ihr alle da seid, ihr seht ja, dass das Büfett aufgebaut wird, in 10–15 Minuten ist es so weit. Wer Lust hat, unseren Wellnessbereich zu benutzen, Handtücher und Bademäntel stehen zur Verfügung, ich wünsche uns allen einen wunderschönen Abend!« Alle klatschten, die Musik wurde wieder lauter. Das Büfett war köstlich. Alles ganz frisch zubereitet, beste Produkte, harmonisch zusammengestellt. Der Küchenchef tauchte auf und nahm die begeisterten Komplimente entgegen. Lisa glühte vor Stolz, alle beluden ihre Teller und aßen.

»Nimm von der Brüllcreme, Martina, unschlagbar«, sagte Koss, der bereits den zweiten Nachtisch verspeiste. »Ich glaub, ich platze gleich«, stöhnte sie, »aber Opfer müssen gebracht werden.« Klarissa trank lediglich Wein. »Nach 18.00 Uhr esse ich prinzipiell nichts mehr«, sagte sie, strich sich über die Hüfte und drehte sich nach dem Kellner um. »Ja schaut mal, wer da kommt! Leonhard und Westhäuser!« Die beiden kamen durch den Wintergarten und näherten sich der Nische. Lisa eilte herbei. Sie schüttelte Westhäusers Hand und behielt sie beim Reden in der ihren. »Dass Sie kommen … Ich freue mich so! Ich habe lange nach Ihnen gesucht, auch im Internet. Ich habe Sie einfach nicht finden können, sonst hätte ich Ihnen eine Einladung geschickt.« »Leonhard wollte, dass ich mitkomme«, sagte er, »schön Sie zu sehen, Lisa. Und Sie auch Martina und Koss! Guten Abend. Hallo Klarissa.« Alle begrüßten einander und Westhäuser setzte sich, nachdem Leonhard angeboten hatte, Essen für sie beide zu holen.

»Ich habe mich vor über 20 Jahren nach Wiesbaden versetzen lassen, und ja ich unterrichte immer noch. Und es macht mir immer noch Spaß.« Lisa fragte: »Aber ist das nicht viel schwieriger geworden? Diese Schüler heute sind doch nur noch am Handy, bei meinem Sohn denke ich manchmal, das Ding ist schon angewachsen. Und diese Computerspiele. Wir mussten ihm letztes Jahr auch noch ein Laptop kaufen. Manchmal habe ich das Gefühl, der ist so weit weg wie der Mars.«»Komm Lisa, dass ein Sohn sich vom Mutterschiff entfernt, ist doch total normal«, sagte Koss. Westhäuser lächelte. »Ich kann Sie beruhigen. Es sind immer noch die gleichen Schüler. Wie Sie genau wissen, braucht es keine elektronischen Medien, um nicht die leiseste Ahnung zu haben, was in der Stunde besprochen wird. Es gibt immer noch die Fleißigen, die auf Gedankenflucht und die, die etwas gerne zu Ende denken und mehr Fragen als Antworten haben.« Er sah Martina an. Sie lächelte.

Leonhard kam mit den Tellern zurück an den Tisch, stellte sie ab und setzte sich. Zwischen den Bissen beantwortete er Fragen und erzählte vom Kunsthandel. Westhäuser aß schweigend und hörte zu. Als sie zu Ende gegessen hatten, stellte Leonhard die leeren Teller auf einen Nachbartisch und wandte sich der Gruppe wieder zu. Er setzte sich und sagte: »So Leute, und jetzt möchte ich euch den Menschen vorstellen, mit dem ich seit 25 Jahren mein Leben teile.« Er rückte an seinen Liebsten heran und legte den Arm um ihn. »Curt Westhäuser.« Für einen Moment herrschte Stille. Dann sagte Koss: »Alles klar Jungs! Glückwunsch!« Martina sah die beiden an. »Freut mich für euch. Wollen wir ›Du‹ sagen, Curt?« »Gerne Martina«, er hob sein Glas »Koss, Lisa.« Klarissa schaltete sich ein: »Na dann Prost, die Herren! Sag mal Curt, war das nicht Verführung Minderjähriger?« Sie fletschte ein Lächeln. Leonhard wandte sich ihr langsam zu. »Nein, war's nicht, er war ja schon dreißig.« Curt lachte, Klarissa war nicht bereit aufzugeben. »Aber zumindest Unzucht mit Abhängigen oder so was in der Art.« »Pass mal auf, du Viper«, sagte Leonhard langsam, »ganz genau hier ist Schluss! Wenn du nicht sofort die Klappe hältst und unter deinen Stein zurückkriechst, werde ich unangenehm.« »Das warst du doch schon immer!« »Lass sie Leo«, sagte Curt, »die Arme kann nicht anders.« »Ich könnte kotzen«, schnappte Klarissa und nahm ihre Handtasche. »Ich geh aufs Klo.« »Viel Spaß!«, rief Koss ihr nach. Bernd Caspari trat an den Tisch und sagte zu Lisa: »Hör mal, ich hab den Eindruck, dass Wellness hier nicht gefragt ist heute Abend. Ich gehe hoch und stelle ab, okay?« »In Ordnung Bernd«, antwortete Lisa.

Inzwischen spielte der Auszubildende auf Wunsch mehrerer Damen nur noch Abba und es wurde mitgesungen und getanzt. Koss erhob sich und sagte: »Ich dreh mal 'ne Runde, bis gleich.«

Die vier blieben am Tisch, die Unterhaltung war gelöst und fröhlich. Ab und zu tauchten andere Ehemalige bei ihnen auf, um Westhäuser zu begrüßen, und setzten sich für eine Weile dazu.

Hardy M. Kunz' erotischer Appetit hatte in Gestalt der immer noch attraktiven Silvia Gutberlet Nahrung gefunden. Beglückt hatte er festgestellt, dass seine Chancen, bei ihr zu landen, gar nicht schlecht standen. Er hatte sie über ihre schwierige kinderlose Ehe ausgefragt und ihren Gatten einen gehirnamputierten Idioten genannt, dessen Blindenhund laut aufheulen würde für den Fall, dass er so eine tolle Frau gehen ließe. – Außerdem tanzte er immer wieder mit ihr und, um sich nicht zu offensichtlich festzubeißen, noch mit einer anderen Frau, die auch ganz gut aussah.

Er hatte zehn Jahre zuvor einen Tanzkurs besucht, weil er festgestellt hatte, dass die meisten Frauen gerne tanzten und die meisten Männer nicht. Gut tanzen zu können gehörte zu seiner Grundausstattung auf der Jagd nach den Frauen. Er hatte Silvia inzwischen mit wüsten Geschichten aus der wilden Welt des Fernsehens und übertriebenen Komplimenten von allen Seiten gut angebraten. Zwischendurch ließ er sie immer wieder ein weniger schmoren, um mit der anderen zu tanzen. Mal hier, mal da unterhielt er sich zusätzlich mit verschiedenen Leuten, damit Silvia sehen konnte, dass der Loser von früher tot und als Mann von Welt und Partylöwe wiedergeboren war.

Koss hatte seine Runde beendet und war in die Nische zurückgekehrt. »Und, Dancingqueen«, sagte Martina, die ihn von weitem bei den Abbaverrückten hatte tänzeln sehen, »was macht die Klasse?« »Och, alle so weit gut drauf«, antwortete er grinsend, »die Mädels machen die Sektflaschen nieder, Kunz baggert wie blöde, und dann gibt's noch einen Gruseltisch.« »Ach du meinst Wölfi und seine Jungs?« Lisa griff nach ihrem Glas.« »Die sind alle seine Mandanten, brauchst du nicht einen neuen Steuerberater? Hans, der kann's!« »Ach du lieber Vater, der Dicke mit der Glatze ist Hans Wolf? Auweia, da hat die Frühveronkelung ja total zugeschlagen! Die reden nur über Geld und Autos.« »Und über die FDP wahrscheinlich. Wölfi sitzt in der Landtagsfraktion. Möllemann war ein Duzfreund von ihm, jedenfalls sagt er das.« Leonhard schaute nachdenklich. »Das hätte ich dem Mann nie zugetraut.« »Wem, Wölfi?«, fragte Martina. »Nee, Möllemann. Was immer der getrieben hat, dieser Abgang war doch groß. Der war so groß, dass man ihn im Film nicht glauben würde!« Curt stimmte zu. »Hatte was Heroisches, irgendwie.«

Inzwischen hatte Hardy M. Kunz Silvia endgültig weich-
gekocht und näherte sich Arm in Arm mit ihr dem Tisch.
»Na Freunde der Nacht, wie läuft's?«, fragte er. »Sag mal Koss,
was ich doch noch wissen will, wieso heißt du so? Du heißt
doch nicht Koslowski, dann könnte man's verstehen, aber«,
er begann zu lachen, »du heißt Jablonski!« Er drückte Silvia
an sich und wieherte, »eigentlich müsstest du doch Jabb hei-
ßen!« »Die Fernbedienung her, aber dalli!«, rief Koss in die
Runde.« Martina, Curt und Leonhard prusteten los. »Na gut,
ihr Schlüpfer! Schöne Verrichtung noch!«, sagte Hardy, drehte seine sichtlich beschwipste Eroberung und sich herum und
ließ den Tisch, an dem sich die anderen vor Lachen bogen,
hinter sich. Er war hochzufrieden und genoss das prickelnde
Gefühl der Vorlust, als er Silvia in den Aufzug schob. Was gab
es Schöneres, als einen netten Abend unter einer willigen Frau
zu beenden, die er danach niemals anrufen würde?

Lisa hörte als Erste auf zu lachen. »Also, die geht doch
jetzt mit dem aufs Zimmer, die geht doch jetzt mit dem
fremd, oder?« Leonhard antwortete mit einem langsamen
übergroßen Nicken, Martina wischte sich die Lachtränen
aus den Augen. »Sah so aus.« »Also ich find das nicht gut.
Echt nicht!«, sagte Lisa. »Sie wohnt ja auch hier und hat mir
erzählt, dass sie eine Krise haben, aber nur weil's in der Ehe
mal schwierig ist, geht man doch nicht fremd. – Schon gar
nicht mit so einem!« »Vielleicht hat er verborgene Qualitäten«, lachte Koss. »Tanzen kann er jedenfalls.« »Aber das ist
doch eklig, ich stell mir vor, wie die sich fühlt, wenn sie wieder nüchtern ist.« Klarissa rückte näher an Lisa heran. »Vielleicht hat sie einfach Lust dazu. Weißt du noch, was das ist
Lisa? Lust? Mmh?« Lisa wurde sauer. »Ich verbitte mir das

Klarissa!«»Also nicht, dacht ich's mir doch. Falls du's je gewusst hast«, sie lachte. Lisa war jetzt rot im Gesicht, ihre Hände flogen. »Ich finde, du gehst entschieden zu weit, du bist nur boshaft! Kannst du eigentlich noch was anderes, als Menschen zu verletzen?« Ihr Kinn begann ein bisschen zu zittern. Martina legte ihre Hand auf Lisas Arm. »Gute Frage. Lass dich doch nicht auf sie ein.«»Ach«, zischte Klarissa. »Nicht einlassen, sagt die Frau Psychotherapeutentante! Meint ihr, Kunz ist hier die einzige komische Figur? Was haben wir denn hier? Da sitzt das harmoniesüchtige Puttchen, das in seinem Leben einen einzigen Schwanz gesehen hat, nämlich den von ihrem Bernd. Da 'ne arrogante alleinlebende Therapeutentusse und hier zwei Schwuchteln. Und da«, sie sah zu Koss, »ein Exknacki, der den Hippiekasper macht.« Sie bebte jetzt vor Wut. Lisa starrte sie mit offenem Mund an. »Du machst wirklich keine Gefangenen, was Klarissa?«, sagte Koss heiter. »Weißt du eigentlich, dass du potthässlich bist, wenn du so keifst? Als wir jung waren, hatten deine Auftritte ja vielleicht noch was, so als rasender Teenie. Aber jetzt bist du einfach eine alternde hassverseuchte Fratze und hast gar nichts mehr. Null Madame.«»Ach ja?« Klarissa erhob sich langsam und stand Koss auf der anderen Seite des Tisches gegenüber. » Ich mache keine Gefangenen?« Hast du 'ne Ahnung!« Sie beugte sich vor, stützte sich mit beiden Händen auf den Tisch und schrie ihm ins Gesicht. »Ich war das! Ich hab dich verschwinden lassen! Ich hab die Bullen angerufen! Ich hab dich einfahren lassen, du blödes Arschloch!« Sie warf triumphierend den Kopf zurück. »Und ich hoffe zu Gott, dass sie dich die Seife in der Dusche schön oft haben aufheben lassen!«

Mit einer einzigen blitzartigen Bewegung war Martina

um den Tisch geschnellt und stand direkt vor ihr. Sehr leise sagte sie: »Verpiss dich Klarissa, bevor ich mich vergesse.« Martinas geballte Energie, die sie durch deren Augen traf, warf Klarissa aus der Pose. Sie zögerte einen kurzen Moment, drehte sich dann um und verließ eilig den Wintergarten. Aus der Halle war ihr Wutschrei zu hören, dann herrschte Stille. Jemand hatte die Musik ausgemacht, alle starrten auf den Ausgang und dann in die Nische. Lisa fing an zu weinen, Koss war aufgesprungen und Leonhard stand neben ihm. »Bleib ruhig Koss«, sagte er und legte ihm die Hand auf die Schulter. Die Starre unter den Ehemaligen löste sich, jemand stellte die Musik etwas leiser als zuvor wieder an und alle fingen an zu reden.

»Ich bin ruhig«, sagte Koss. »Keine Sorge.« Er ließ sich auf seinen Stuhl fallen. »Diese Irre!« Er wandte sich den anderen zu. »Ich kann mir sogar vorstellen, dass sie angerufen hat. – Wahrscheinlich hat sie. Aber aufgeflogen sind wir nicht wegen ihr. Sie wusste zwar, dass ich Sachen am Laufen hatte, aber überhaupt nichts Genaues. So blöd war ich ja nun auch nicht. Wir haben uns nach allen Regeln der Kunst wegen 'nem Spitzel hochnehmen lassen. So ist das gewesen.« Er strich Lisa übers Haar. »Komm Lieschen, wein doch nicht. Is' vorbei. Die böse Frau ist weg. – Obwohl, heavy war das schon, hatte ein bisschen was von 'nem Sprengsatz«, er sah Martina an. »Danke Schatz, vor dir kann man aber auch Angst kriegen.« Martina seufzte. »Ich hab eben auch meine Grenzen. Was machen wir jetzt?« »Ich würde gern nach Hause fahren. Du Leo?«, sagte Curt. Leo nickte, und umarmte die drei, Curt ebenso. Dann brachen sie auf. »Wisst ihr was? Mir ist auf einmal ganz doll nach Whirlpool und Buddhas«, sagte Koss. »Mein Rücken fühlt sich an wie ’ne geballte Faust. Wollen wir nicht für ’ne halbe Stunde hochgehen?«»Gute Idee«, fand Martina. Sie lachte.»Nach heftigen Sitzungen stell ich mich auch meistens kurz unter die Dusche, Wasser leitet ab.«»Ja, gerne«, sagte Lisa,»das machen wir.« Sie holte die Schlüssel und die drei gingen in den ersten Stock. Der Wellnessbereich sah in der Nachtbeleuchtung wunderschön aus, Lisa entzündete drei große weiße Kerzen, die zwischen den Buddhas standen und sagte:»Hier lang, wir brauchen Handtücher und die Mäntel.« Als sie auf die Saunen zugingen, drangen aus der hinteren Geräusche, die sich beim Näherkommen eindeutig anhörten.»Das werden doch nicht Kunz und Silvia sein«, flüsterte Martina.»Quatsch, der hat doch ein Zimmer«, sagte Lisa. Das Stöhnen der Frau wurde laute, sie stieß kleine Schreie aus, während der Mann fortgesetzt»oh ja oh ja« brummte. Die drei wollten gerade weiterschleichen, als ein Schrei aus der Sauna ertönte.»Oh Bernd, Bernd«, Lisa stand einen Augenblick wie angewurzelt da, dann riss sie die Tür auf. Der nackte Bernd Caspari war derart in die blonde Rezeptionistin, die Martina eingecheckt hatte, vertieft, dass er die Störung gar nicht mitbekam, die Frau allerdings schon. Sie stieß einen lauten Schrei aus und Lisa knallte die Tür zu. Dann raste sie aus dem Wellnessbereich. Koss und Martina holten sie in der Halle ein, wo sie sich auf das Kaminsofa hatte fallen lassen. Die beiden setzten sich zu ihr.»Er hat gesagt, er beendet es. Er hat es versprochen«, sagte Lisa leise.»Jetzt reicht’s mir!« Sie sah Martina an.»Tina, hast du Platz bei dir? Bist du auf Besuch eingerichtet?«»Ja klar ich hab ein Gästezimmer. Willst du mit nach Hamburg kommen?«»Danke, das wär toll, ich muss hier weg, ich brauch jetzt erst mal Abstand. Ich schlafe heute Nacht hier im Hotel, dann brauche ich ihn nicht zu sehen und morgen fahre ich uns zum Bahnhof, okay?«»Okay.«

Koss schaute ins Kaminfeuer und sagte:»Mädels, ich mach mich auf den Weg, war schön, euch zu sehen«, und umarmte die beiden.»Tut mir leid für dich Lisa«, flüsterte er und strich ihr über den Rücken.»Ich bring dich raus«, sagte Martina. Sie standen vor dem Hoteleingang und sahen einander an. Dann nahmen sie sich noch einmal in die Arme.»Du«, sagte sie. »Du auch«, sagte Koss,»mach's gut, meine Große!« Sie löste sich von ihm, drehte sich um und ging zurück ins Hotel. Koss schaute in den Himmel, dann zum Parkplatz, stieg in den Pick-up und fuhr los.

Er hatte Königstein gerade hinter sich gelassen und fuhr durch den Wald. Hinter einer Kurve bemerkte er im Graben neben der linken Straßenseite ein Cabriolet, das mit noch eingeschalteten Scheinwerfern auf der Seite lag. Er fuhr in den gegenüberliegenden Forstweg, stellte den Motor ab und ging über die Straße. Von der Person, die den Wagen gefahren hatte, war nichts zu sehen. Koss ging um das BMW-Cabriolet herum und ihm wurde klar, dass jemand sich durch das Fenster gezwängt haben musste, er lief zurück zum Pick-up, um die große Stablampe zu holen. Damit leuchtete er die Umgebung ab und in den Wald hinein. Und dann sah er sie. Etwa 15 Meter entfernt saß Klarissa reglos auf einem Holzstoß. Als das Licht der Taschenlampe ihr Gesicht erfasste, hielt sie die Hände über die Augen und rief:»Hallo, wer ist da?« Koss stapfte auf sie zu. »Ich bin's, Koss.« Mit völlig normaler Stimme sagte Klarissa:»Ach du – bin in den Graben gefahren. So eine Scheiße.«»Bist du verletzt?« Er half ihr hoch.»Glaub nicht, weiß nicht.« Er legte den Arm um sie, um sie zu stützen und sie gingen zur Straße. Er brachte sie zum Pick-up, schob die Decken auf der Sitzbank in die Mitte und half ihr hinein. Im Licht der Innenbeleuchtung tastete er rasch ihre Arme und Beine ab. »Scheint in Ordnung zu sein, hast du irgendwo Schmerzen?« »Nur an der Schulter, ist aber nicht schlimm. Der Airbag ist mir ins Gesicht geknallt wie ein Schnellzug. Uff. Oh, kannst du meine Handtasche holen?« »Klar.« Koss ging zurück zu ihrem Wagen, schaltete das Licht aus, zog den Schlüssel ab und kam mit Tasche und Mantel zurück. »Noch irgendwelche Schätze im Kofferraum?« »Nein, vielen Dank.« »Okay, dann fahr ich dich jetzt nach Hause. Das mit dem Wagen kannst du morgen regeln. Du hast auf jeden Fall zu viel für 'ne Kontrolle.« »Ja.« Sie schaute auf ihre Hände. »Koss, es tut mir leid, in all den Jahren hab ich … « »Lass es, Klarissa, bitte lass es. Es reicht. Du hast es zwar nicht verdient, aber eins kann ich dir sagen. Wegen dir bin ich nicht eingefahren, egal wen du angerufen hast oder was du sonst gemacht hast. Die brauchten dich nicht. Und jetzt, lass es sein.« Ganz langsam begannen Tränen über ihr Gesicht zu laufen. Koss fuhr los. Sie weinte eine ganze Weile weiter, schluchzte immer wieder tief auf und wurde langsam ruhiger. Sie fuhren durch die Nacht und Klarissa legte sich mit angezogenen Beinen auf der breiten Sitzbank hin. Koss zog mit der Rechten eine der Decken unter ihrem Kopf hervor und legte sie auf ihren Körper. Sie breitete die Decke aus und zog sie über sich. Ihr Kopf lag auf der zweiten Decke und ihr Scheitel berührte seinen Oberschenkel. Ihre Atemzüge vertieften sich. »Die Adresse«, murmelte sie. »Weiß ich doch, Corneliusstraße 22.« Sie stützte sich auf den linken Ellbogen und richtete sich leicht auf. »Was?«

»Corneliusstraße. Du lebst mit ein paar Möbeln, die ich gebaut habe, tja, die Welt ist klein.« Er zündete sich eine Zigarette an. »Was?«, fragte Klarissa. »Was soll das, ich wohne nicht in der Corneliusstraße, und jedes Stück, das in unserem Haus steht, hab ich selbst ausgesucht und gekauft. Ich habe das ganze Haus selbst eingerichtet. Was redest du da?« »Oh Scheiße«, sagte Koss, er schwieg eine Weile. »Willst du's wissen?« »Ja, natürlich. Was also?« »Dein Mann ist Claudius Fürstenberg, richtig?« »Ja.« »Er hat einige Stücke bei mir bestellt und ich hab sie in die Wohnung im zweiten Stock geliefert. Corneliusstraße 22.« »Wann?« »Im Juni.« »Wer war noch da?« »Nur er, aber es sah nicht nach Junggesellenhaushalt aus, tut mir leid.« »Nicht?« »Nein.« Sie setzte sich auf und sagte ihm die Adresse. Sie hatten Frankfurt fast erreicht. »Koss, warum tust du das für mich?« »Was?« »Mich auflesen und zudecken und nach Hause bringen? Nach dem Abend?« »Is' doch normal, oder?«, sagte er. »Hör zu Klarissa, ich kenne solche Typen wie dich. Hab ich im Knast oft gesehen. Die können einfach nicht aufhören. Die kriegen ihre Dämonen einfach nicht in den Griff. Die machen weiter und weiter, bis alles zu Ende ist, bis sie an den Falschen geraten oder jemanden umbringen oder sich selbst. Von denen muss man sich einfach nur fernhalten. Du schleppst deinen Knast mit dir rum, ich hab meinen lange hinter mir. Ich glaub an Liebe und solche Sachen. Ist sowieso der einzige Weg.« Er hielt vor ihrem Haus und ließ sie aussteigen. »Nacht«, sagte er. Sie nickte und ging zur Tür. Koss fuhr ab. Er öffnete das Fenster weit, als er die Stadt in Richtung Vogelsberg verließ. Sein Solarplexus entspannte sich und seine Schultern wurden wieder weich. Er atmete durch und eine tiefe Sehnsucht nach Nike erfasste ihn. Seine

Süße. Nach Hause. Nichts wie nach Hause zu Nike, zu sich. Er war ein Glückspilz, fand er. Nike war mit Sicherheit längst zurück. Vielleicht schlief sie schon, aber er wusste, wie sie ihn anlächeln würde, wenn er sie sanft weckte. Die Nacht war klar, der Mond fast voll. Er machte das Radio an und lachte glücklich auf, weil gerade der erste Takt einer seiner Hymnen erklang.

Some people call me the space cowboy, yeah.
Some call me the gangster of love.

Koss fuhr nach Hause.

PERFECT MATCH

»Was denkst du gerade?« Sie lag entspannt und warm in seinen Armen und fragte tatsächlich: »Was denkst du gerade?« Diese Frage stand auf seiner Liste der verbotenen Sätze. Und zwar ziemlich weit oben. Gleich hinter »Es hat nichts mit dir zu tun«, der Mutter aller idiotischen Äußerungen, die gewöhnlich nach entdeckten Seitensprüngen zur Anwendung kommt. »Sag!«, drängte sie. »An gar nichts, ich döse«, antwortete er und zog seinen Arm unter ihrem Nacken hervor. »Hör mal, ich muss aufstehen, sonst schlafe ich ein, ich muss gehen. Du weißt, ich fahre wahnsinnig früh morgen und muss noch packen.« »Ja, weiß ich, trotzdem schade. Wann kommst du wieder?« »Mittwoch, spätestens Donnerstag, ich ruf dich an. Bleib ruhig liegen, Süße, ich muss los.« Er küsste sie, sie lächelte ihn an und kuschelte sich in ihr Kopfkissen. »Gute Reise, Liebster«, sagte sie leise.

Er nahm seine Sachen vom Sessel, ging ins Bad, wusch sich das Gesicht, zog sich an und verließ die Wohnung. Statt den Nachtbus zu nehmen, lief er an der Haltestelle vorbei, er hatte plötzlich Lust, nach Hause zu laufen. Sein Auto war in der Werkstatt, die Strecke knappe fünf Kilometer lang. Er war gespannt, wie lange er dazu zu Fuß brauchen würde. Vielleicht eine Stunde geschenkter Zeit. Er musste nachdenken.

»Was denkst du gerade?« – Dass er sich ganz schön reingeritten hatte, dachte er, jeden Tag tiefer, und nicht den blassesten Schimmer hatte, wie er sich da wieder rausreiten sollte. Angefangen hatte es damit, dass sein bester Freund Dennis ihn um Asyl gebeten hatte. Das Mietshaus, in dem er wohne, werde grundsaniert, der Lärm sei unerträglich, er müsse für mindestens einen Monat ausziehen. Lärmempfindlich, wie er selbst war, lud er den Freund ein, diesen Monat in seinem Gästezimmer zu verbringen.

Der Freund war mit einer großen Tasche und einem Laptop angerückt und hatte ihm mitgeteilt, er habe ihn für diesen Monat bei einer kostenpflichtigen Partnerbörse registriert, sozusagen als Gastgeschenk. Ein Foto (»… das vom Kanuausflug, auf dem du super aussiehst …«) habe er schon hochgeladen. Nun gelte es nur noch, das Profil und den Begrüßungstext zu erstellen. »Ich bestell uns 'ne Pizza und ein Herrenhandtäschchen und dann geht's los«, sagte Dennis und klappte den Laptop auf. »Sixpack und Pizza gut, Partnerbörse schlecht«, erwiderte Hans. »Das ist was für Sexsüchtige und Axtmörder! Und für hysterische Frauen, die das Foto ihrer schönsten Freundin reinstellen. Wer sucht denn im Internet? Auf keinen Fall, schönen Dank für die gute Absicht, Dennis.«

Er drehte sich herum und ging in die Küche, Dennis blieb ihm auf den Fersen. »Das ist Quatsch, Hans. Soll ich dir mal sagen, wer im Internet sucht? Jeder! Alle! Alle, die ich kenne. Und da sind tolle Frauen drin, glaub's mir, ich hab's probiert.« Erstaunt erfuhr Hans, dass Dennis seine Suche nach One-Night-Stands und kleinen Affären inzwischen ins Netz verlegt hatte. »Aber das ist so was von oberflächlich und billig«, sagte Hans. »Hör mir mal zu, mein Freund.« Dennis lächelte breit. »Die Oberfläche ist eine sehr schöne Fläche, wenn du mich fragst. Dieser ganze Tiefgang, mit dem du die letzten vier Mal so was von Baden gegangen bist, soll toller sein? In der Tiefe ist es kalt, schlammig und dunkel! Denk an Tamara.« Er zündete sich eine Zigarette an. »Könntest du bitte auf dem Balkon rauchen, Dennis?« »Und an Kati und die gruselige Marie – die hätt' ich mir gut mit 'ner Axt hinter der Tür vorstellen können. Und wo hast du die kennen gelernt? Real und analog in einer Bar. Und? Hat's geholfen?« Hans gingen die Argumente aus. Er hatte schon ein paar Mal in den bekanntesten Börsen herumgestöbert, war aber immer davor zurückgeschreckt, Ernst zu machen und Mitglied zu werden. »Also gut, Dennis, auf deine Verantwortung.« Dennis lachte. »Aber klar, übernehm ich, und zwar die volle.« Er zwinkerte: »Ehrenwort!«

Die Pizza und die Biere kamen eine halbe Stunde später, und nach dem Essen machten sich die Freunde ans Profilerstellen. »Locker muss das rüberkommen, Hans, souverän und locker. Und witzig. Bloß nicht so 'ne bedürftige Nummer: ›… Nach mehreren schweren Enttäuschungen sucht Karl-Heinz …‹« Hans kicherte. »Ok, legen wir los.«

Zuerst ging es gut voran. Lieblingsfarbe: blau, Lieblingstier: halbes Hähnchen. »Wenn darauf eine Vegetarierin antwortet, ist es eine von der toleranten Sorte«, sagte Dennis. Als es dann um die Angaben zur Person ging, gerieten die Freunde aneinander. Hans wollte beim Einkommen 20 000 € im Jahr ankreuzen – weniger sah die Auswahl nicht vor. Dennis bestand auf »Verrat ich nicht«. »Du nimmst dir Chancen mit deinen 20 000«, sagte er. »Dasselbe mit dem Bildungsstand. Du bist selbstständiger Geschäftsmann und hast Abitur. Basta!« »Aber das stimmt doch gar nicht!« Hans begann aufgeregt hin- und herzulaufen. »Ich hab gerade mal den Realschulabschluss knapp geschafft, und meine Fahrradwerkstatt wirft höchsten 18 000 im Jahr ab. Ich will ehrlich sein, und ich will eine, die mich nimmt, wie ich bin, Dennis!« Dennis nahm die Hände von der Tastatur, griff nach seinem Bier und sah Hans lange an. »Und wie, Bitteschön, bist du?« Hans Blick war verlegen und hilflos. »Na, das weißt du doch. Romantisch, jedenfalls manchmal, und treu. Nicht viel Kohle, öfter schlechte Laune. Aber hilfsbereit. Ein ganz normaler, unauffälliger Typ eben.«

Dennis dachte nach und erklärte Hans dann, dass ihm diese Beschreibung keine einzige Reaktion einbringen werde und dass sie zudem unzutreffend sei. »Das fängt schon bei normal und unauffällig an. Hans, du bist 1,93 Meter groß, hast volle, dunkle Haare und knallblaue Augen. Du bist fit und siehst auch so aus. Du hast ein gutes Gesicht und bist witzig – solange keine Frauen dabei sind.

Außerdem bist du ziemlich schlau, auch ohne Abitur. Du bist ungefähr so unauffällig wie ein Ferrari an der Tanke um die Ecke.

Und normal warst du noch nie. Du sammelst Zuckerdosen und fürchterliche Frauen. Herrgott nochmal!«

Hans starrte ihn mit offenem Mund an. «Woher weißt du, wie groß ich bin?« Dennis starrte zurück. »Kleine Typen wie ich wissen so was, weil wir euch um jeden Zentimeter beneiden! So, und jetzt setz dich hin, damit wir weiterkommen.«

Der Konsum des Herrenhandtäschchens und Dennis' unerwartet positiver Blick auf ihn machten Hans immer mutiger, und so ließ er zu, dass ein tollkühnes Profil mit Begrüßungstext entstand, das nur in Ansätzen etwas mit seinem wirklichen Leben zu tun hatte.

Überraschenderweise besaß er nun eine Katze, mit der er bei Kerzenlicht und Musik zu Abend aß, war oft auf Geschäftsreise, meditierte und war Kampfsportler. Er kochte erlesen und stand auf Saunabesuche, hatte nichts gegen dezente Tattoos, aber viel gegen überflüssige Körperbehaarung, Stillosigkeit und Unordnung.

Seine Einwände, dass er ein katzenloser Fastfood-Fan sei, dessen Wohnung eher chaotische Züge trage, und dass er Kampfsport schon im Film langweilig fand, schmetterte Dennis ab. Er solle das Ganze spielerisch sehen. Sollte es jemals dazu kommen, dass eine Frau die Einzelheiten überprüfen wolle, sei genügend Spielraum geschaffen. Katzen würden andauernd überfahren und Verletzungen, die zum Aufgeben bestimmter Sportarten zwängen, seien häufig. Das Ganze, sagte Dennis, sei eine Ansammlung von leckeren Ködern, um tolle Frauen anzulocken. Die meisten Frauen fänden Katzen toll, Männer mit Katzen noch toller. Das bedeute für sie, dass der Typ zärtlich sein könne. Kampfsport hingegen sage aus, dass er trotzdem kein Lappen sei, und Meditation deute auf seelische Stärke hin. Häufige Geschäftsreisen stünden für die Möglichkeit, jederzeit von der Bildfläche zu verschwinden.

Gut kochen sei in und die Sache mit der Körperbehaarung auch. »Die hübschen Frauen sind fast alle rasiert und wollen natürlich, dass wir das super finden«, erklärte Dennis. »Ich find das gar nicht so super«, sagte Hans. »Ich auch nicht unbedingt, aber Opfer müssen gebracht werden. So, und jetzt schicken wir das Ding ab, Du wirst sehen, spätestens morgen Abend haben die Ersten angebissen.«

Als sich die beiden am Abend darauf in die Börse einloggten, hatte Barunabeach, so Hans' Username, vier Mails, und 126 Mal war ihm virtuell zugezwinkert worden. Eine Art von Aufforderung zur Kontaktaufnahme. Sie stöberten durch die Profile der Frauen, und da sah er sie. Riverno. Braunes, halblanges Haar, große, dunkle Kirschaugen, breiter Mund, süßes Lächeln. Er starrte das Foto an. »Halt, das ist sie. Wenn das Foto echt ist, wär das doch ein Wunder. Guck doch mal, wie süß die ist.« Hans war begeistert. »Was schreibt sie?« »Ach so, nur zugezwinkert, immerhin.« »Ja los, schick ihr 'ne Mail.«

»Warte doch mal, ich will erst das Profil lesen, nachher hat die einen superguten Beruf, dann kann ich doch gleich einpacken.« »Na also, Astrophysikerin wird sie schon nicht sein«, beruhigte Dennis den aufgeregten Freund. Sie arbeite im Gesundheitswesen, stand da. Das fand Hans beruhigend. »Wahrscheinlich Krankengymnastin oder so etwas Ähnliches.« Eine Ärztin hätte Ärztin geschrieben, davon war er überzeugt. Aha. Realschulabschluss. Legt Wert auf Ordnung, ist unternehmungslustig, Romantikerin. Er setzte sich aufgeregt hin und schrieb ihr eine Mail. Eine halbe Stunde später war ihre Antwort da. An den folgenden Abenden schrieben sie sich häufig. Sie tasteten sich aneinander heran.

Die Kommunikation über die Partnerbörse stellten sie bereits am zweiten Tag ihres Kennenlernens ein. Sie tauschten E-Mail-Adressen aus und trafen sich in einem Internettelefonprogramm, das ihnen ermöglichte, sich schriftlich ohne zeitliche Verzögerung zu unterhalten. Diese schriftlichen Treffen zogen sich oft über eine Stunde oder länger hin, da beide ihre Antworten offenbar genau überlegten. Sie tauschten Vorlieben und Abneigungen aus, und Hans war oft mulmig dabei. So ordnungsliebend, wie er angab, war er im engen Sinne nicht. Seine Wohnung fand er gemütlich, sie war allerdings in Teilen chaotisch. Zur Sicherheit schrieb er ihr, dass er zurzeit wegen Sanierungsarbeiten ausgezogen sei, um für einige Monate bei einem guten Freund zu wohnen. »Mit Katze?«, fragte sie nach. Die fiktive Katze hatte Hans bereits völlig vergessen. Also erfand er eine Nachbarin, die sich um das Tier in seiner eigentlichen Wohnung kümmere. Katzen seien schließlich ortsgebunden. An diese Tatsache erinnerte er sich aus Gesprächen mit einer Bekannten, die ständig von ihren Katzen erzählte. Manchmal kamen sie ins Plaudern und die Unterhaltung war leicht und amüsant. Sie hatte eine ausgesprochen witzige Art, Menschen und Erlebnisse zu beschreiben. Hans genoss die Kommunikation, ihm wurde aber klar, dass einer der Nachteile an Lügen und Erfindungen war, dass man sich alle Details merken muss. Er begann, sich Notizen zu machen. Nach fünf Tagen schlug sie vor zu telefonieren, gab aber keine Nummer an. Er stimmte zu und mailte seine Mobilnummer. Nach zehn Minuten hörte er zum ersten Mal ihre Stimme. Warm, voll und angenehm, mit einem tiefen Klang. Er war hingerissen. Sie telefonierten eineinhalb Stunden lang. Dass sie in seiner Stadt wohnte, war ein weiterer Glücksfall. Die Telefonate waren aufregend und ihr Lachen gab ihm das wohlige Gefühl, dass seine Scherze bei ihr ankamen. Er war frecher als sonst im Gespräch mit Frauen und provozierte sie immer öfter ein bisschen, um sie aus der Reserve zu locken. Schließlich war er es, der ein persönliches Treffen vorschlug. Sie sagte zu. Bereits für den nächsten Abend. Hans schloss seinen Laden früher als sonst und fuhr nach Hause, wo er nervös durch Zimmer und Küche lief. Dennis saß am Küchentisch und beobachtete ihn. »Alter, ganz einfach. Duschen, rasieren, umziehen, fertig. Wo trefft

ihr euch denn?« »Vergiss es«, sagte Hans. »Ich sag dir doch nicht, wo! Dass du da auftauchst, fehlt mir noch!« Dennis war beleidigt. »Ich bin's, hallo! Drehst du jetzt völlig durch?« Hans blieb stehen. »Entschuldige bitte, tut mir echt leid, das war daneben. Ich fühle mich einfach nur fürchterlich mit diesem ganzen erfundenen Zeug.« »Nimm's leicht, mach dir nicht so viele Sorgen. Du machst einfach mal 'ne ganz neue Erfahrung, ich wünsche dir einen tollen Abend!«

Hans verschwand im Bad und verließ eine Viertelstunde später die Wohnung.

Sie waren in einem Café mit großem Garten verabredet, und er kam 20 Minuten vor dem verabredeten Zeitpunkt dort an. Er suchte einen Tisch im hinteren Teil des Gartens aus, wo wenige Gäste saßen und er den Eingang im Blick hatte. Er bestellte ein Bier und wartete.

Sie war pünktlich. Er stand auf, als er sie hereinkommen sah, und hob den Arm. Sie entdeckte ihn sofort, lächelte und ging auf ihn zu. Sein Blick umfasste ihre Gestalt, ihren schönen leichten Gang, er sah in ihr Gesicht und in ihre Augen.

Das Gesicht auf dem Foto war anziehend gewesen, die lebendige Frau, die jetzt vor ihm stand und »Na, du« sagte, war umwerfend. »Du auch«, sagte Hans und dann landeten sie mit einer einzigen leichten Bewegung in einer Umarmung, die saß wie angegossen.

Hans lief durch die Nacht. Der lange Gang, die Bewegung taten ihm gut, aber mit jedem Schritt wurde ihm klarer, dass er so nicht weitermachen konnte. Er musste es ihr sagen. Die Angst, sie zu verlieren, verursachte ihm Übelkeit. Sie hatten sich beide in diesem Garten tief ineinander verliebt, und er hatte sich mit keiner Frau zuvor so wohl und glücklich gefühlt. Ihre Annäherung war vorsichtig, aber einfach gewesen. Bei jedem Treffen waren sie mehr voneinander angezogen gewesen und, nachdem sie wieder mal einen ganzen Abend knutschend und sich an den Händen haltend im Garten des Cafés verbracht hatten, wo die Bedienung die Getränke bereits grinsend servierte und ihnen irgendwann mitteilte, dass sie die letzten Gäste seien und man Feierabend machen wolle, hatte sie ihn mit in ihre Wohnung genommen. Das war vor einer Woche gewesen. Ihre Nächte waren rauschhaft schön, und Hans fühlte sich vollkommen wehrlos. Er musste es ihr sagen. Er musste ehrlich sein, es gab keinen anderen Weg mehr. Hans blieb stehen, als er das erleuchtete Taxischild auf dem Autodach sah. Er pfiff, das Taxi fuhr heran und er ließ sich zurück zu ihrer Wohnung fahren. Er klingelte Sturm, rief »Ich bin's« in die Gegensprechanlage und rannte die Treppen hinauf. Sie stand in der Tür und trug das Oberhemd, um das sie ihn gebeten hatte. »Ich muss mit dir reden, bitte, ich muss jetzt sofort mit dir reden«, sagte Hans. Sie setzte sich auf ihr

Bett und sah ihn ängstlich an. »Ich habe kein Abitur und ich mache auch keine Geschäftsreisen«, begann er. »Bitte lass mich reden, nicht fragen, sonst schaff ich das nicht.«

Und dann erzählte er ihr alles. Er gestand ihr jede einzelne Lüge. Von der erfundenen Katze über seine mangelnden Ordnungsliebe bis hin zu seinem Laden, einfach alles.

Sie saß völlig bewegungslos im Schneidersitz auf dem Bett, hatte ihren Mund mit beiden Händen bedeckt, und er sah, dass ihre Augen sich mit Tränen füllten. Dann begann sie zu schluchzen. Laut, tief und anhaltend.

Aus! Alles war aus. Hans wurde schwindelig. Er drehte sich zum Gehen herum und verließ langsam das Schlafzimmer. Er hörte ihr Weinen noch auf dem Flur und dann ihren Schrei. »Komm sofort zurück!« Er rannte zurück, sprang aufs Bett und hielt sie, während sie schluchzte und die Nase hochzog und weiterweinte. »Das ist nur der ganze Stress und die Erleichterung«, heulte sie. »Hol mir mal Klopapier, ich muss mir die Nase putzen.« Als er mit der Rolle zurückkam, dankte sie ihm und putzte sich die Nase. »Ich bin Hochschullehrerin«, sagte sie. »Tut mir leid.«

Hans war fassungslos. Ganz langsam schlich ein kleines Lächeln in ihr Gesicht und sie erzählte. Dass sie gar nicht geschieden sei, sie sei nämlich nicht mal verheiratet gewesen. Kein Journalist, der unter Zurücklassung all der Bücher im Nebenzimmer ausgezogen war. Keine penible Ordnungsliebe. Sie esse gern im Bett, sagte sie, und habe jetzt plötzlich Hunger. Hans war wie erschlagen vor Erleichterung und blieb auf dem Bett sitzen, während sie in der Küche Kühlschrank- und Schranktüren klappern ließ und schließlich mit einem großen Tablett voll leckerer Sachen zurückkam. »Komm, Lieber, essen wir«, sagte sie. »Dann gestehe ich dir die schlimmen Sachen.« Hans kicherte. »Was kommt jetzt? Gruppensex? Swingerclubbesuche? Du hast fünf Kinder?« Sie aßen, tranken Wasser, erzählten und lachten. Sie machte Wein auf, sie erzählten und küssten sich zwischendurch. Gegen 4.00 Uhr morgens lagen sie nebeneinander. Erschöpft und glücklich. »Ein letztes, dunkles Geheimnis steht noch aus«, flüsterte sie ihm ins Ohr. »Raus damit.« »Ich war früher mal Fan von Wolfgang Petry.« Hans bäumte sich auf, griff sich ans Herz, wie einer, der angeschossen wird, und stürzte in die Kissen. »Hölle, Hölle, Hölle!«, brüllte er. Sie lachten Tränen. Sie wurden still. »Hans?«, fragte sie. »Glaubst du, wir können es schaffen?« Er beugte sich über sie und küsste ihre Schläfe. »Lassen wir die Haare wieder wachsen?« Sie nickte. »Ja«, sagte er, »dann können wir.«

Danke an Ingo + Reinmar für den 21.12., B. für Spirit,
Lutz für Hilfe wie immer, den schnellen Philipp Seipelt,
Michael, Günter, Meyse, Udo, Mary.

Danke an Edel, Dirk Mahlstedt und Marten Brandt.
Besonderen Dank an Daniel Biskup für die Fotos.

www.ulla-meinecke.de
Management: Büro Michael Schöbel | www.the-berliner.com